Das Buch

Die umfangreiche Erzählung ›Der Zug war pünktlich‹ –
noch unter dem unmittelbaren Eindruck des Krieges geschrieben – war die erste Buchausgabe, mit der Heinrich
Böll 1949 an die Öffentlichkeit trat. Die Geschichte beginnt
auf dem Bahnhof einer Stadt im Ruhrgebiet. Ein Soldat
sucht sich einen Platz im Fronturlauberzug, der ihn an die
Ostfront zurückbringen soll. Es wird eine trostlose Fahrt.
»Bald bin ich tot. Ich werde sterben, bald«, denkt der Soldat.
Männer, die der Zufall zusammengewürfelt hat, spielen Skat,
teilen miteinander Brot und Wurst und versuchen ihre Angst
mit Schnaps zu betäuben. Andreas erinnert sich an seinen
Freund, an eine Frau, in deren Augen er nur für Bruchteile
einer Sekunde blicken konnte, er denkt an seine früheren
Verwundungen, und er haßt alle, die den Krieg als eine
Selbstverständlichkeit empfinden. In Lemberg hält der Zug.
Hier begegnet Andreas einer polnischen Spionin, die als
Prostituierte Nachrichten für den polnischen Widerstand
sammelt. Die Frau hat Mitleid mit dem Deutschen. Sie will
ihn retten. Für Andreas verstärkt sich jedoch die Gewißheit
des nahen Todes. Böll hat diese Geschichte vom sinnlosen
Sterben mit einem überzeugenden Realismus zu einer erbit-
terten Anklage gegen den Krieg verdichtet.

Der Autor

Heinrich Böll, am 21. Dezember 1917 in Köln geboren, war
nach dem Abitur Lehrling im Buchhandel. Danach Studium
der Germanistik. Im Krieg sechs Jahre Soldat. Seit 1947 ver-
öffentlichte er Erzählungen, Romane, Hör- und Fernseh-
spiele, Theaterstücke und war auch als Übersetzer aus dem
Englischen tätig. 1972 erhielt Böll den Nobelpreis für Litera-
tur. Er starb am 16. Juli 1985 in Langenbroich/Eifel.

Von Heinrich Böll
sind im Deutschen Taschenbuch Verlag erschienen:

Heinrich Böll:
Der Zug war pünktlich
Erzählung

Deutscher
Taschenbuch
Verlag

Von Heinrich Böll sind außerdem
im Deutschen Taschenbuch Verlag erschienen:
In eigener und anderer Sache. Schriften und Reden
1952–1985 (5962; 9 Bände in Kassette)
In Einzelbänden lieferbar:
Zur Verteidigung der Waschküchen (10601)
Briefe aus dem Rheinland (10602)
Heimat und keine (10603)
Ende der Bescheidenheit (10604)
Man muß immer weitergehen (10605)
Es kann einem bange werden (10606)
Die »Einfachheit« der »kleinen« Leute (10607)
Feindbild und Frieden (10608)
Die Fähigkeit zu trauern (10609)

Ungekürzte Ausgabe
Mai 1972
21. Auflage Juni 1991
Deutscher Taschenbuch Verlag GmbH & Co. KG,
München
© 1949 Heinrich Böll, alle Rechte von und bei Inti GmbH/
René Böll, D-5303 Bornheim 3
Umschlaggestaltung: Celestino Piatti
Gesamtherstellung: C. H. Beck'sche Buchdruckerei,
Nördlingen
Printed in Germany · ISBN 3-423-00818-0

Als sie unten durch die dunkle Unterführung schritten, hörten sie den Zug oben auf den Bahnsteig rollen, und die sonore Stimme im Lautsprecher sagte ganz sanft: »Fronturlauberzug von Paris nach Przemysl über...«

Dann hatten sie die Treppe zum Bahnsteig erstiegen und blieben vor irgendeinem Abteil stehen, dem Urlauber mit freudigen Gesichtern entstiegen, vollbepackt mit riesigen Paketen. Der Bahnsteig leerte sich schnell, es war wie immer. Irgendwo an Fenstern standen Mädchen oder Frauen oder ein sehr schweigsamer, verbissener Vater ... und die sonore Stimme sagte, daß man sich beeilen solle. Der Zug war pünktlich.

»Warum steigst du nicht ein?« fragte der Kaplan ängstlich den Soldaten.

»Wie?« fragte der Soldat erstaunt, »ich kann mich ja unter die Räder schmeißen wollen ... ich kann ja fahnenflüchtig werden ... wie? Was willst du? ... Ich kann ja, kann ja verrückt werden ... wie es mein gutes Recht ist: es ist mein gutes Recht, verrückt zu werden. Ich will nicht sterben, das ist das Furchtbare, daß ich nicht sterben will.« Er sprach ganz kalt, als flössen seine Worte wie Eis von den Lippen. »Sei still! Ich steig schon ein, irgendwo ist immer Platz ... ja ... ja, sei nicht böse, bete für mich!« Er nahm das Gepäck, stieg irgendwo in eine offene Tür, drehte von innen das Fenster herunter und beugte sich noch einmal hinaus, während über ihm die sonore Stimme wie eine Wolke von Schleim schwebte: »Der Zug fährt ab...«

»Ich will nicht sterben«, schrie er, »ich will nicht sterben, aber das Schreckliche ist, daß ich sterben werde ... bald!« Immer mehr entfernte sich die schwarze Gestalt auf diesem kalten grauen Bahnsteig ... immer mehr, bis der Bahnhof in Nacht verschwunden war.

Manches Wort, das scheinbar gleichgültig ausgesprochen wird, gewinnt plötzlich etwas Kabbalistisches. Es wird schwer und seltsam schnell, eilt dem Sprechenden voraus, bestimmt, irgendwo im ungewissen Bezirk der Zukunft eine Kammer aufzureißen, kommt auf ihn zurück mit der erschreckenden Zielsicherheit eines Bumerangs. Aus dem leichtfertigen Geplätscher unbedachter Rede, meist jenen furchtbar schweren und matten Worten beim Abschied an Zügen, die in den Tod führen, fällt es wie eine bleierne Welle zurück auf den Sprechenden, der plötzlich die erschreckende und zugleich berauschende Gewalt alles Schicksalhaften kennenlernt. Den Liebenden und den Soldaten, den Todgeweihten und denen, die von der kosmischen Gewalt des Lebens erfüllt sind, wird manchmal unversehens diese Kraft gegeben, mit einer plötzlichen Erleuchtung werden sie beschenkt und belastet ... und das Wort sinkt, sinkt in sie hinein.

Während Andreas sich langsam zurücktastete in das Innere des Waggons, fiel das Wort *bald* in ihn hinein wie ein Geschoß, schmerzlos und fast unmerklich durch Fleisch, Gewebe, Zellen, Nerven dringend, bis es endlich irgendwo widerhakte, aufplatzte, eine wilde Wunde riß und Blut verströmen machte ... Leben ... Schmerz ...

Bald, dachte er, und er spürte, wie er bleich wurde. Dabei vollführte er das Gewohnte, fast ohne es zu wissen. Er zündete ein Streichholz an, beleuchtete die Haufen liegender, hockender und schlafender Soldaten, die über, unter und auf ihren Gepäckstücken herumlagen. Der Geruch von kaltem Tabaksqualm war mit dem Geruch von kaltem Schweiß und jenem seltsam staubigen Dreck vermischt, der allen Ansammlungen von Soldaten anhaftet. Die Flamme des erlöschenden Hölzchens zischte noch einmal hell auf, und er entdeckte in diesem letzten Schein, dort, wo der Gang schmäler wurde, einen kleinen freien Platz, dem er nun vorsichtig zustrebte. Er hatte sein Bündel unter den Arm geklemmt, die Mütze in der Hand.

Bald, dachte er, und der Schrecken saß tief, tief. Schrecken und völlige Gewißheit. Nie mehr, dachte er, nie mehr werde ich diesen Bahnhof sehen, nie mehr dieses Gesicht meines Freundes, den ich bis zum letzten Augenblick beschimpft habe ... nie mehr ... Bald! Er hatte den Platz erreicht, legte vorsichtig, um die ringsum Schlafenden nicht zu wecken, seine Tasche auf den Boden, setzte sich darauf, so, daß er mit dem Rücken gegen eine Abteiltür lehnen konnte; dann versuchte er, seine Beine möglichst bequem unterzubringen; er streckte das linke am Gesicht eines Schlafenden vorbei vorsichtig aus und legte das rechte quer über ein Gepäckstück, das den Rücken eines anderen Schlafenden verdeckte. In dem Abteil in seinem Rücken flammte ein Streichholz auf, und jemand begann stumm im Dunkeln zu rauchen. Er konnte, wenn er sich ein wenig zur Seite wandte, den glühenden Punkt der Zigarette sehen, und manchmal, wenn der Fremde zog, breitete sich der Schein der Glut über ein unbekanntes Soldatengesicht, grau und müde, mit bitteren Falten schrecklicher Nüchternheit.

Bald, dachte er. Das Rattern des Zuges, alles wie sonst. Der Geruch. Der Wunsch zu rauchen, unbedingt zu rauchen. Nur nicht schlafen! Am Fenster zogen die finsteren Silhouetten der Stadt vorüber. Irgendwo in der Ferne waren Scheinwerfer suchend am Himmel, wie lange Leichenfinger, die den blauen Mantel der Nacht teilten ... fern auch Schießen von Abwehrkanonen ... und diese lichtlosen, stummen, finsteren Häuser. Wann wird dieses Bald sein? Das Blut floß aus seinem Herzen, floß zurück ins Herz, kreiste, kreiste, das Leben kreiste, und dieser Pulsschlag sagte nichts anderes mehr als: Bald! ... Er konnte nicht mehr sagen, nicht einmal mehr denken: »Ich will nicht sterben.« Sooft er den Satz bilden wollte, fiel ihm ein: Ich werde sterben ... bald ...

Hinter ihm tauchte nun ein zweites graues Gesicht im Schein einer Zigarette auf, und er hörte ein sanftes, sehr müdes Murmeln. Die beiden Unbekannten unterhielten sich.

»Dresden«, sagte die eine Stimme.

»Dortmund«, die andere.

Das Murmeln ging weiter und wurde lebhafter. Dann fluchte eine Stimme, und das Murmeln wurde wieder leise; es erlosch, und es war wieder nur eine Zigarette hinter ihm. Es war die zweite Zigarette, und auch diese erlosch wieder, und es war wieder dieses graue Dunkel hinter ihm und neben ihm, und vor ihm die schwarze Nacht mit den unzähligen Häusern, die alle stumm waren, alle schwarz. Nur in der Ferne immer noch diese ganz leisen, unheimlich langen Leichenfinger der Scheinwerfer, die den Himmel abtasteten. Es dünkte ihn, als müßten die Gesichter, die zu diesen Fingern gehörten, grinsen, unheimlich grinsen, zynisch grinsen wie die Gesichter von Wucherern und Betrügern. »Wir kriegen dich«, sagten die schmalen, großen Münder, die zu diesen Fingern gehörten. »Wir kriegen dich, wir tasten die ganze Nacht durch.« Vielleicht suchten sie eine Wanze, eine winzige Wanze im Mantel der Nacht, diese Finger, und sie werden die Wanze finden . . .

Bald. Bald. Bald. Bald. Wann ist Bald? Welch ein furchtbares Wort: Bald. Bald kann in einer Sekunde sein, Bald kann in einem Jahr sein. Bald ist ein furchtbares Wort. Dieses Bald drückt die Zukunft zusammen, es macht sie klein, und es gibt nichts Gewisses, gar nichts Gewisses, es ist die absolute Unsicherheit. Bald ist nichts und Bald ist vieles. Bald ist alles. Bald ist der Tod . . .

Bald bin ich tot. Ich werde sterben, bald. Du hast es selbst gesagt, und jemand in dir und jemand außerhalb von dir hat es dir gesagt, daß dieses Bald erfüllt werden wird. Jedenfalls wird dieses Bald im Kriege sein. Das ist etwas Gewisses, wenigstens etwas Festes.

Wie lange wird noch Krieg sein?

Es kann noch ein Jahr dauern, ehe im Osten alles endgültig zusammenbricht, und wenn die Amerikaner im Westen nicht angreifen und die Engländer, dann dauert es noch zwei Jahre, ehe die Russen am Atlantik sind. Aber sie werden angreifen. Aber alles zusammen wird es allermindestens noch ein Jahr dauern, vor Ende 1944 wird der Krieg nicht aus sein. Zu gehorsam, zu feige, zu brav ist dieser ganze Apparat aufgebaut. Die Frist ist also zwischen einer Sekunde und einem Jahr. Wie viele Sekunden hat ein Jahr? Bald werde ich sterben, im Kriege noch. Ich werde keinen Frieden mehr kennenlernen. Keinen Frieden. Nichts wird es mehr geben, keine Musik ... keine Blumen ... keine Gedichte ... keine menschliche Freude mehr; bald werde ich sterben ...

Dieses Bald ist wie ein Donnerschlag. Dieses kleine Wort ist wie der Funke, der das Gewitter entzündet, und plötzlich ist für eine tausendstel Sekunde die ganze Welt hell unter diesem Wort.

Der Geruch der Leiber ist wie immer. Der Geruch von Dreck und Staub und Stiefelwichse. Seltsam, wo Soldaten sind, ist Dreck ... Die Leichenfinger haben die Wanze ...

Er zündet eine neue Zigarette an. Ich will mir die Zukunft vorstellen, denkt er. Vielleicht ist es eine Täuschung, dieses Bald, vielleicht bin ich übermüdet, überreizt, und lasse mich erschrecken. Er versucht, sich vorzustellen, was er tun wird, wenn kein Krieg mehr ist ... er wird ... er wird ... aber da ist eine Wand, über die er nicht weg kann, eine ganz schwarze Wand. Er kann sich nichts vorstellen. Gewiß, er kann sich zwingen, den Satz zu Ende zu denken: ich werde studieren ... ich werde irgendwo ein Zimmer haben ... mit Büchern ... Zigaretten ... werde studieren ... Musik ... Gedichte ... Blumen. Aber auch, wenn er sich zwingt, den Satz zu Ende zu denken, er weiß, daß das nicht sein wird. Alles das wird nicht sein. Das sind keine Träume, das sind ganz blasse Gedanken, die kein Gewicht haben, kein Blut, keinerlei menschliche Substanz. Die Zukunft hat kein Gesicht mehr, sie ist irgendwo abgeschnitten, und je mehr er daran denkt, um so mehr fällt ihm ein, wie nahe er diesem Bald ist. Bald werde ich sterben, das ist eine Gewißheit, die zwischen einem Jahr und einer Sekunde liegt. Es gibt keine Träume mehr ...

Bald. Vielleicht zwei Monate. Er versucht, es sich zeitlich vorzustellen, und will feststellen, ob die Wand vor den nächsten zwei Monaten steht, diese Wand, die er nicht mehr überschreiten wird. Zwei Monate, das ist Ende November. Aber es gelingt ihm nicht, es zeitlich zu fassen. Zwei Monate, das ist eine Vorstellung, die keine Kraft hat. Er könnte ebensogut sagen: drei Monate oder vier Monate oder sechs, diese Vorstellung erweckt kein Echo. Er denkt: Januar. Aber da ist nirgendwo die Wand. Eine seltsame, unruhige Hoffnung wird wach! Mai, denkt er mit einem plötzlichen Sprung. Nichts. Die Wand schweigt. Nirgendwo ist die Wand. Es ist nichts. Dieses Bald ... dieses Bald ist nur ein schrecklicher Spuk ... er denkt: November! Nichts! Eine wilde, schreckliche Freude wird lebendig. Januar! Schon der nächste Januar, anderthalb Jahre! Anderthalb Jahre Leben! Nichts! Keine Wand!

Er seufzt glücklich auf und denkt weiter, und nun rennen die Gedanken über die Zeit hinweg wie über leichte, ganz niedrige Hürden. Januar, Mai, Dezember! Nichts! Und plötzlich spürt er, daß er im Leeren tastet. Es ist kein zeitlicher Begriff, wo die Wand errichtet ist. Die Zeit ist belanglos. Es gibt keine Zeit mehr. Und doch ist die Hoffnung noch da. Er hat so schön die Monate übersprungen. Jahre...

Bald werde ich sterben, und es ist ihm wie einem Schwimmer, der sich nahe dem Ufer weiß und plötzlich von einer schweren Sturzwelle zurückgeschleudert wird in die Flut. Bald! Da ist die Wand, hinter der er nicht mehr sein wird, nicht mehr auf der Erde sein wird.

Krakau, denkt er plötzlich, und nun stockt sein Herz, als habe sich die Vene geknotet und lasse nichts mehr durch. Er ist auf der Spur! Krakau! Nichts! Er geht weiter vor. Przemysl! Nichts! Lemberg! Nichts! Dann versucht er zu rasen: Czernowitz, Jassy, Kischinew, Nikopol! Aber beim letzten Wort spürt er schon, daß das nichts als Schaum ist, Schaum, wie eben der Gedanke: ich werde studieren. Nie mehr, nie mehr wird er Nikopol sehen! Zurück. Jassy! Nein, auch Jassy wird er nicht mehr sehen. Czernowitz wird er nicht mehr sehen. Lemberg! Er wird Lemberg noch sehen, er wird noch lebend nach Lemberg kommen! Ich bin irrsinnig, denkt er, ich bin wahnsinnig, ich müßte ja zwischen Lemberg und Czernowitz sterben! Welch ein Wahnsinn ... er dreht die Gedanken gewaltsam ab und beginnt wieder zu rauchen und ins Gesicht der Nacht zu starren. Ich bin hysterisch, ich bin verrückt, ich habe zuviel geraucht, nächtelang, tagelang geredet, geredet, nicht geschlafen, nicht gegessen, nur geraucht, da soll ein Mensch nicht überschnappen...

Ich muß etwas essen, denkt er, etwas trinken. Essen und Trinken hält Leib und Seele zusammen. Dieses verfluchte ewige Rauchen! Er beginnt an seiner Tasche zu nesteln, aber während er angestrengt in das Dunkel zu seinen Füßen starrt, um die Schnalle zu finden, und dann in der Tasche zu kramen beginnt, wo Butterbrote und Wäsche, Tabak, Zigaretten und eine Flasche Schnaps beieinanderliegen, fühlt er eine bleierne, unerbittliche Müdigkeit, die seine Adern einfach zustopft ... er schläft ein ... die offene Tasche zwischen seinen Händen, ein Bein links neben einem Gesicht, das er nie gesehen hat, ein Bein rechts über einem Gepäckstück, und die müden, nun auch schon schmutzigen Hände an seiner Tasche, schläft er ein, den Kopf auf der Brust...

Er wird wach davon, daß ihm jemand auf die Finger tritt. Ein plötzlicher Schmerz, er schlägt die Augen auf; jemand ist hastig an ihm vorbeigegangen, hat ihn in den Rücken gestoßen und auf seine Hände getreten. Er sieht, daß es hell ist, und hört, daß wieder eine sonore Stimme einen Bahnhofsnamen sehr warm ausspricht, und er begreift, daß das Dortmund ist. Der, der diese Nacht hinter ihm geraucht und gemurmelt hat, der steigt aus, tritt rücksichtslos und fluchend durch den Flur, dieses unbekannte graue Gesicht ist zu Hause. Dortmund. Der neben ihm, auf dessen Gepäck sein rechtes Bein geruht hat, ist wach geworden und hockt augenreibend im kalten Gang. Der links, an dessen Gesicht sein linker Fuß ruht, schläft noch. Dortmund. Mädchen mit dampfenden Kannen rennen auf dem Bahnhof umher. Es ist wie immer. Frauen stehen da, die weinen; Mädchen, die sich küssen lassen, Väter ... alles wie immer: das ist Wahnsinn.

Aber im Grunde weiß er nur, daß er, sobald er die Augen aufschlug, gespürt hat, daß das Bald noch da ist. Der Widerhaken löckt tief in ihm, er hat gepackt und läßt nicht mehr los. Dieses Bald hat ihn ergriffen wie eine Angel, an der er nun zappeln wird, zappeln bis zwischen Lemberg und Czernowitz...

Blitzschnell, in der millionstel Sekunde, in der er erwachte, hat er gehofft, daß das Bald verschwunden sein würde, wie die Nacht, ein Spuk nach endlosem Geschwätz und endlosem Rauchen. Aber es ist da, unerbittlich da...

Er richtet sich auf, entdeckt die Packtasche, die noch halb geöffnet ist, und stopft ein Hemd, das herausgerutscht ist, wieder hinein. Der rechts von ihm hat ein Fenster geöffnet und hält einen Becher hinaus, in den ein mageres, müdes Mädchen Kaffee eingießt. Der Geruch des Kaffees ist fürchterlich, dünne Hitze, die ihm flau im Magen macht; es ist der Geruch der Kaserne, der Kasernenküche, der über ganz Europa verbreitet ist... und der über die ganze Welt verbreitet werden soll. Und doch (so tief sitzen die Wurzeln der Gewohnheit), doch hält auch er seinen Becher hinaus und läßt sich einschenken; diesen grauen Kaffee, der so grau ist wie die Uniform. Er riecht die matten Ausdünstungen des Mädchens, dem man anmerkt, daß es in den Kleidern geschlafen hat, von Zug zu Zug gegangen ist in der Nacht, Kaffee geschleppt hat, Kaffee geschleppt hat...

Sie riecht penetrant nach diesem gräßlichen Kaffee. Vielleicht schläft sie ganz nah neben der Kaffeekanne, die auf einem Ofen steht, um immer warm zu bleiben, schläft, bis der nächste Zug eintrifft. Ihre Haut ist grau und spröde wie schmutzige Milch, und das spärliche, blaßschwarze Haar kriecht dünn unter einem Häubchen hervor, aber ihre Augen sind sanft und traurig, und als sie sich bückt, um den Kaffee in seinen Becher zu gießen, sieht er einen reizenden Nacken. Wie hübsch dieses Mädchen ist, denkt er: alle werden sie häßlich finden, und sie ist hübsch, sie ist schön... auch kleine zarte Finger hat sie... stundenlang möchte ich mir Kaffee eingießen lassen; wenn doch der Becher ein Loch hätte, sie müßte gießen, gießen, ich würde ihre sanften Augen und diesen reizenden Nacken sehen, und die sonore Stimme müßte schweigen. Alles Unglück kommt von diesen sonoren Stimmen; diese sonoren Stimmen haben den Krieg angefangen, und diese sonoren Stimmen regeln den schlimmsten Krieg, den Krieg auf den Bahnhöfen.

Zum Teufel mit allen sonoren Stimmen!

Der Mann mit der roten Mütze wartet gehorsam auf die sonore Stimme, die ihren Spruch sagen muß, dann fährt der Zug an, um einige Helden erleichtert, um einige Helden bereichert. Es ist hell, aber noch früh: sieben Uhr. Nie mehr, nie mehr im Leben werde ich durch Dortmund fahren. Das ist doch seltsam, eine Stadt wie Dortmund; ich bin schon oft durchgefahren und noch nie in der Stadt gewesen. Nie im Leben werde ich wissen, wie Dortmund aussieht, und nie im Leben mehr werde ich dieses Mädchen mit der Kaffeekanne sehen. Nie mehr; bald werde ich sterben, zwischen Lemberg und Czernowitz. Mein Leben ist nur noch eine bestimmte Kilometerzahl, eine Eisenbahnstrecke. Aber das ist doch seltsam, da ist doch keine Front zwischen Lemberg und Czernowitz, und auch nicht viele Partisanen, oder ob die Front über Nacht diesen köstlich tiefen Rutsch gemacht hat? Ob der Krieg ganz, ganz plötzlich zu Ende ist? Ob der Friede noch vor diesem Bald kommt? Irgendeine Katastrophe? Vielleicht ist das göttliche Tier tot, endlich ermordet, oder die Russen haben einen Generalangriff gemacht und alles zusammengehauen bis zwischen Lemberg und Czernowitz, und die Kapitulation ...

Es gibt kein Entrinnen, die Schläfer sind erwacht, sie fangen an zu essen, zu trinken und zu schwätzen ...

Er lehnt im offenen Fenster und läßt den kalten Morgenwind gegen sein Gesicht schlagen. Saufen werde ich, denkt er, ich werde eine ganze Pulle saufen, dann weiß ich von nichts mehr, dann bin ich mindestens bis Breslau sicher. Er bückt sich, öffnet hastig die Packtasche, aber eine unsichtbare

Hand hält ihn davor zurück, die Flasche zu ergreifen. Er nimmt ein Butterbrot und beginnt ruhig und langsam zu kauen. Das ist furchtbar, daß man kurz vor seinem Tod noch essen muß. Bald werde ich sterben, und doch muß ich noch essen. Butterbrote mit Wurst, Fliegerangriffsbutterbrote, die ihm sein Freund, der Kaplan, eingepackt hat, einen ganzen Packen dickbeschmierter Butterbrote, und das Schreckliche ist, daß sie schmecken.

Er lehnt zum Fenster hinaus, ißt und kaut ruhig und langt manchmal nach unten, wo die offene Packtasche liegt, um ein neues Butterbrot herauszuholen. Dazu trinkt er in kleinen Schlucken den lauwarmen Kaffee.

Es ist furchtbar, in die ärmlichen Häuser zu blicken, wo sich die Sklaven nun fertigmachen, um in ihre Fabriken zu marschieren. Haus an Haus, Haus an Haus, und überall wohnen Menschen, die leiden, die lachen, Menschen, die essen und trinken und neue Menschen zeugen, Menschen, die morgen vielleicht tot sind; es wimmelt von Menschen. Alte Frauen und Kinder, Männer und auch Soldaten. Soldaten sind irgendwo am Fenster, da einer und dort einer, und alle wissen, wann sie wieder im Zug sitzen und in die Hölle zurückfahren werden ...

»Kumpel«, sagt eine rauhe Stimme hinter ihm, »Kumpel, machst du ein Spielchen mit?« Er wendet sich erschreckt um und sagt, ohne es zu wissen: »Ja!« Und sieht im gleichen Augenblick ein Kartenspiel in der Hand eines unrasierten Soldaten, der ihn grinsend anblickt. Ich habe Ja gesagt, denkt er, und dann nickt er und folgt dem Unrasierten. Der Gang ist ganz leer, nur zwei Mann haben sich mit ihrem Gepäck in den Vorraum zurückgezogen, dort hockt der eine, ein langer Blonder mit einem weichen Gesicht, und grinst.

»Hast du einen gefunden?«

»Ja«, sagt der Unrasierte mit der rauhen Stimme.

Bald werde ich sterben, denkt Andreas und setzt sich auf seine Tasche, die er mitgeschleppt hat. Immer, wenn er die Tasche niedersetzt, klappert der Stahlhelm, und als er jetzt den Stahlhelm sieht, fällt ihm ein, daß er sein Gewehr vergessen hat. Mein Gewehr, denkt er, steht in Pauls Garderobe hinter dem Kleppermantel. Er lächelt. »So ist's recht, Kumpel«, sagt der Blonde, »vergiß deinen Kummer und mach ein Spielchen mit uns.«

Die beiden haben es sich gemütlich gemacht. Sie sitzen vor einer Tür, aber die Tür ist verrammelt, der Griff fest mit Draht umwickelt, und Gepäckstücke sind davor gestapelt. Der Unrasierte nimmt eine Zange aus der Tasche, er hat einen richtigen blauen Kittel an, er nimmt die Zange, zieht irgendwo unter einem Gepäckstück eine Drahtrolle hervor und beginnt neuen Draht noch fester um den Griff zu wickeln.

»So ist's recht, Kumpel«, sagt der Blonde, »sollen sie uns am Arsch lecken bis Przemysl. Du fährst doch bis Przemysl? Man sieht es«, sagt er, als Andreas nickt.

Andreas merkt bald, daß sie betrunken sind; der Unrasierte hat eine ganze Batterie Flaschen in seinem Karton, er läßt die Pullen rundgehen. Sie spielen erst Siebzehn-und-Vier. Der Zug rattert, und es wird immer heller, und sie halten an Bahnhöfen mit sonoren Stimmen und ohne sonore Stimmen. Es wird voll und wieder leer, wieder voll und wieder leer, und immer noch sitzen die drei in der Ecke und spielen.

Manchmal an einer Station rappelt einer wild draußen an der verschlossenen Tür, flucht jemand, aber sie lachen nur und spielen weiter und werfen die leeren Flaschen zum Fenster hinaus. Andreas denkt gar nicht ans Spiel, sie sind so wunderbar einfach, diese Glücksspiele, daß man gar nicht zu denken braucht, man kann an etwas anderes denken . . .

Paul ist jetzt aufgestanden, wenn er überhaupt geschlafen hat. Vielleicht hat es auch noch einmal Alarm gegeben, und er hat gar nicht geschlafen. Wenn er überhaupt geschlafen hat, dann nur ein paar Stunden. Um vier war er zu Hause. Jetzt ist es bald zehn. Na, bis acht hat er geschlafen, dann ist er aufgestanden, hat sich gewaschen und hat die Messe gelesen, hat für mich gebetet. Er hat darum gebetet, daß ich mich freuen soll, weil ich doch die menschliche Freude geleugnet habe.

»Passe!« sagt er. Das ist herrlich, man sagt einfach »Passe!«
und hat Zeit nachzudenken . . .

Dann ist er nach Hause gegangen und hat die Kippen in der
Pfeife geraucht, hat ein wenig gegessen, Fliegerangriffsbutterbrote, und ist losgegangen. Irgendwohin. Vielleicht zu
einem Mädchen, das ein uneheliches Kind von einem Soldaten erwartet, vielleicht zu einer Mutter oder vielleicht zum
Schwarzmarkt, sich ein paar Zigaretten kaufen.

»Flush«, sagt er.

Er hat wieder gewonnen. Das Geld in seiner Tasche ist ein
ganzer Packen geworden.

»Du hast verdammt Schwein, Kumpel«, sagt der Unrasierte.

»Trinkt, Kollegen!« Er läßt wieder die Flasche rundgehen,
er schwitzt, und sein Gesicht ist unter der Maske rauher
Jovialität sehr traurig und nachdenklich. Er mischt . . . es ist
gut, denkt Andreas, daß ich nicht zu mischen brauche. Eine
Minute brauche ich an nichts, an gar nichts anderes zu denken als an Paul, der nun müde und blaß durch die Trümmer
spaziert und immer betet. Ich habe ihn angeschnauzt, man
soll keinen Menschen anschnauzen, nicht einmal einen Unteroffizier . . .

»Drilling«, sagt er und »Pärchen«. Er hat wieder gewonnen.

Die anderen lachen, es geht ihnen nicht ums Geld, sie wollen ja nur die Zeit totschlagen. Welch ein mühsames, schreckliches Geschäft, die Zeit totzuschlagen, immer wieder diesen
Sekundenzeiger, der unsichtbar hinter dem Horizont herumrast, immer wieder ihn mit einem schweren dunklen Sack zuwerfen und wissen müssen, daß er doch weiterläuft, unerbittlich weiter . . .

»Nordhausen«, sagt eine sonore Stimme, »hier ist Nordhausen.« Sie sagt das, während er mischt. »Fronturlauberzug
nach Przemysl über . . .«, und dann sagt sie: »Bitte einsteigen
und Türen schließen.« So normal ist das alles. Er gibt langsam die Karten aus. Es ist bald schon elf Uhr. Immer noch
Schnaps, der Schnaps ist gut. Er sagt dem Unrasierten ein

paar anerkennende Worte über den Schnaps. Der Zug ist wieder voll geworden; sie sitzen jetzt sehr eng, und viele blicken ihnen zu. Es ist ungemütlich geworden, und auch das Geschwätz hört man, ohne zu wollen.

»Passe«, sagt er. Der Blonde und der Unrasierte balgen sich gutmütig um den Pott. Sie wissen, daß sie beide bluffen, aber sie lachen beide, es geht darum, wer am besten blufft.

»Praktisch«, sagt eine norddeutsche Stimme hinter ihm, »praktisch haben wir den Krieg schon gewonnen!«

»Hm ...«, macht eine andere Stimme.

»Als ob der Führer einen Krieg verlieren könnte!« sagt eine dritte Stimme. »Es ist überhaupt Wahnsinn, so was zu sagen: Krieg gewinnen. Wer was sagt von Krieg gewinnen, der denkt immer schon daran, daß man auch einen verlieren könnte. Wenn wir einen Krieg anfangen, dann ist der Krieg gewonnen.« – »Die Krim ist schon eingeschlossen«, sagt eine vierte Stimme, »bei Perekop haben die Russen sie zugemacht.«

»Ich«, sagt eine sehr schwache Stimme, »ich muß ja auf die Krim ...«

»Nur noch per JU«, sagt die sichere Kriegsgewinnerstimme, »das ist fein, so mit der JU ...«

»Die Tommys wagen es ja nicht.«

Das Schweigen derer, die nichts sagen, ist furchtbar. Es ist das Schweigen derer, die nicht vergessen, derer, die wissen, daß sie verloren sind.

Der Blonde hat gemischt, und der Unrasierte hat fünfzig Mark gesetzt.

Andreas sieht, daß er einen Royal Flush hat.

»Ich setze hundert«, sagt er lachend.

»Mit«, sagt der Unrasierte.

»Zwanzig dazu.«

»Mit«, sagt der Unrasierte.

Natürlich verliert der Unrasierte.

»Zweihundertvierzig Mark«, sagt eine Stimme hinter ihnen, der man anhört, daß sie den Kopf dabei schüttelt. Es war eine

Minute lang still, solange sie um den Pott gekämpft haben. Jetzt geht das Geschwätz wieder los.

»Sauft«, sagt der Unrasierte.

»Aber das ist doch Wahnsinn mit der Tür!«

»Welche Tür?«

»Sie haben die Tür verrammelt, diese Schweine, diese Kameradenbetrüger!«

»Halt die Schnauze!«

Ein Bahnhof ohne sonore Stimme. Gott segne die Bahnhöfe ohne sonore Stimmen. Das summende Geschwätz der anderen geht weiter, sie haben die Tür vergessen und die zweihundertvierzig Mark, und Andreas spürt allmählich, daß er ein bißchen betrunken wird.

»Sollen wir nicht eine Pause machen?« sagt er, »ich möchte etwas essen.«

»Nein«, schreit der Unrasierte, »auf keinen Fall, es wird bis Przemysl gespielt. Nein« – seine Stimme ist voll von einer schrecklichen Angst. Der Blonde gähnt und beginnt zu murmeln. »Nein«, schreit der Unrasierte ...

Sie spielen weiter.

»Allein mit dem MG 42 gewinnen wir den Krieg. Dagegen kommt doch keiner an ...«

»Der Führer wird's schon schmeißen!«

Aber das Schweigen derer, die nichts, gar nichts sagen, ist furchtbar. Es ist das Schweigen derer, die wissen, daß sie alle verloren sind.

Der Zug wird manchmal so voll, daß sie kaum die Karten halten können. Sie sind jetzt alle drei betrunken, aber sehr klar im Kopf. Dann wird es wieder leer, Stimmen werden laut, sonore und unsonore. Bahnhöfe. Es wird Nachmittag. Sie essen zwischendurch, spielen weiter, trinken weiter. Der Schnaps ist ausgezeichnet.

»Das ist auch französischer«, sagt der Unrasierte. Er sieht jetzt noch unrasierter aus. Sein Gesicht ist ganz fahl unter den schwarzen Stoppeln. Seine Augen sind rot, er gewinnt fast nie, aber er scheint Massen von Geld zu haben. Jetzt gewinnt der Blonde viel. Sie spielen: Meine Tante, deine Tante, weil der Zug wieder leer ist, dann spielen sie Häufeln, und plötzlich fallen dem Unrasierten die Karten aus der Hand, er sinkt nach vorne und beginnt schauerlich zu schnarchen. Der Blonde richtet ihn auf und rückt ihn liebevoll zurecht, so daß er mit angelehntem Rücken schlafen kann. Sie decken ihm etwas über die Füße, und Andreas steckt ihm das gewonnene Geld wieder in die Tasche.

Wie sanft und liebevoll der Blonde mit dem Unrasierten umgeht! Ich hätte das diesem weichen Lümmel gar nicht zugetraut.

Was mag Paul wohl jetzt machen?

Sie stehen auf und recken sich, schütteln Krumen und Dreck von ihren Schößen, Zigarettenasche, und schmeißen die letzte leere Pulle zum Fenster hinaus.

Sie fahren durch eine leere Landschaft, links und rechts herrliche Gärten, sanfte Hügel, lachende Wolken – ein Herbstnachmittag ... Bald, bald werde ich sterben. Zwischen Lemberg und Czernowitz. Beim Kartenspiel hat er versucht zu beten, aber er hat immer wieder daran denken müssen, er hat wieder Sätze in der Zukunft zu bilden versucht und hat gespürt, daß sie keine Kraft haben. Er hat es wieder zeitlich zu verstehen versucht – alles Schaum, nichtiger, windiger Schaum! Aber er brauchte nur das Wort Przemysl zu denken, um zu wissen, daß er auf der richtigen Spur war. Lemberg! Das Herz stockt! Czernowitz! Nichts ... dazwischen muß es sein ... er kann sich nichts denken, er hat die Karte gar nicht im Kopf. »Hast du eine Karte?« fragt er den Blonden, der zum Fenster hinausguckt.

»Nein«, sagt der freundlich, »aber er!« Er deutet auf den Unrasierten. »Er hat eine Karte. Wie unruhig er schläft. Er hat was auf dem Herzen. Das ist ein Mensch, der etwas Furchtbares auf dem Herzen hat, sage ich dir ...«

Er blickt schweigend an der Schulter des Blonden vorbei hinaus. »Radebeul«, sagt eine sächsisch sonore Stimme. Eine brave Stimme, eine gute Stimme, eine deutsche Stimme, die ebensogut sagen würde: Die nächsten zehntausend ins Schlachthaus, bitte . . .

Es ist wunderbar draußen, fast noch sommerlich, Septemberwetter. Bald werde ich sterben, diesen Baum dahinten, diesen rotbraunen Baum vor dem grünen Haus dahinten werde ich nie mehr sehen. Dieses Mädchen mit dem Fahrrad an der Hand, in dem gelben Kleid unter dem schwarzen Haar, dieses Mädchen werde ich nie mehr sehen, nichts mehr werde ich sehen von alledem, an dem der Zug vorbeirast . . .

Der Blonde ist jetzt auch eingeschlafen, er hat sich neben den Unrasierten gehockt, sie sind im Schlaf aneinandergesunken, der eine schnarcht rauh und heftig, der andre sanft und pfeifend. Der Gang ist ganz leer; nur manchmal geht einer zum Klo, und manchmal sagt einer: »Drin ist doch noch Platz, Kumpel.« Aber es ist viel schöner auf dem Flur, auf dem Flur ist man mehr allein, und nun, wo die beiden anderen schlafen, ist er ganz allein, und es war eine prächtige Idee, die Tür mit Draht zu verschließen.

Alles, was der Zug hinter sich läßt, lasse auch ich endgültig hinter mir, denkt er. Nichts mehr, nichts mehr werde ich sehen, nicht mehr diesen Sektor des Himmels, der voll ist von sanften graublauen Wolken, nicht mehr diese kleine, sehr junge Fliege, die am Rande des Fensters sitzt und nun wegfliegt, irgendwohin nach Radebeul; ach, diese kleine Fliege wird wohl in Radebeul bleiben . . . sie wird unter diesem Himmelssektor bleiben, und niemals wird mich diese Fliege begleiten bis zwischen Lemberg und Czernowitz. Die Fliege fliegt nach Radebeul hinein, vielleicht fliegt sie irgendwo in eine Küche, wo der dumpfe Geruch von Pellkartoffeln hängt und die billige Schärfe von schlechtem Essig und wo sie jetzt Kartoffelsalat machen für irgendeinen Soldaten, der sich drei Wochen quälen darf an der scheinbaren Freude des Urlaubs . . . nichts mehr werde ich sehen, denn nun macht der Zug eine riesige Schleife und fährt auf Dresden zu.

In Dresden ist der Bahnsteig sehr voll, und in Dresden steigen viele aus. Das Fenster hält vor einem ganzen Knäuel

Soldaten, an deren Spitze ein dicker, rotgesichtiger, junger Leutnant steht. Die Soldaten sind alle ganz neu eingekleidet, und auch der Leutnant ist ganz neu in seinem Konfektionsanzug für Todeskandidaten; auch die Orden auf seiner Brust sind so neu wie frischgegossene Bleisoldaten, sie sehen wahnsinnig unecht aus. Der Leutnant packt den Griff der Tür und rappelt daran.

»Machen Sie doch auf«, schreit er Andreas an.

»Die Tür ist zu, es geht nicht«, schreit Andreas zurück.

»Schreien Sie mich nicht an, machen Sie auf, machen Sie sofort auf.«

Andreas schließt den Mund und blickt finster den Leutnant an. Ich werde bald sterben, denkt er, und er schreit mich an. Er blickt an dem Leutnant vorbei irgendwohin; die Soldaten, die bei dem Leutnant stehen, grinsen hinter dessen Rücken. An ihnen sind wenigstens die Gesichter nicht neu, sie haben alte, graue, wissende Gesichter, nur ihre Uniformen sind neu, und bei ihnen wirken sogar die Orden alt und abgeschlissen. Nur der Leutnant ist von oben bis unten neu, er hat sogar ein nagelneues Gesicht. Seine Wangen werden noch röter und seine blauen Augen werden auch ein bißchen rot. Er spricht jetzt leiser, ganz furchtbar leise, so drohend leise, daß Andreas lachen muß. »Machen Sie die Tür auf?« fragt er. Die Wut platzt ihm aus den blanken Knöpfen. »Sehen Sie mich wenigstens an«, brüllt er Andreas zu. Aber der sieht ihn nicht an. Ich werde bald sterben, denkt er, alle diese Menschen, die hier auf dem Bahnsteig stehen, werde ich nicht mehr sehen, keinen davon. Auch diesen Geruch wird er nicht mehr riechen, diesen Geruch von Staub und Eisenbahnqualm, der hier an seinem Fenster durchsetzt ist von dem Geruch der nagelneuen Uniform des Leutnants, die nach Zellwolle riecht.

»Ich lasse Sie verhaften«, brüllt der Leutnant, »ich werde Sie dem Streifenführer melden!«

Es ist ein Glück, daß der Blonde erwacht ist. Er steht mit verschlafenem Gesicht am Fenster, nimmt tadellose Haltung an und sagt zu dem Leutnant: »Bedaure Herrn Leutnant sagen zu müssen, daß die Tür bahnseitig verschlossen wurde, weil sie defekt ist; um Unfälle zu verhüten.« Er sagt das vorschriftsmäßig, schnell und demütig, er sagt das fabelhaft wie eine Uhr, die zwölf schlägt. Der Leutnant stößt noch einen wütenden Seufzer aus. »Warum sagen Sie das nicht?« schreit er Andreas zu.

»Bedaure wiederum Herrn Leutnant sagen zu müssen, daß mein Kamerad taub ist, vollkommen taub«, schnurrt der Blonde, »Kopfverletzung.« Die Soldaten hinter dem Leutnant lachen, und der Leutnant wird knallrot, er wendet sich plötzlich ab und versucht, in einem anderen Abteil unterzukommen. Der Schwarm folgt ihm. »Diese dumme Sau«, murmelt der Blonde hinter ihm her.

Ich könnte hier aussteigen, denkt Andreas, der dem bunten Treiben auf dem Bahnsteig zusieht. Ich könnte hier aussteigen, irgendwohin gehen, irgendwohin, immer weiter, bis sie mich schnappten, an die Wand stellten, und ich würde nicht zwischen Lemberg und Czernowitz sterben, ich würde in irgendeinem sächsischen Nest niedergeschossen oder in einem Konzentrationslager verrecken. Aber ich stehe hier am Fenster und bin wie aus Blei. Ich kann mich nicht bewegen, ich bin ganz starr, dieser Zug gehört zu mir, und ich gehöre zu diesem Zug, der mich meiner Bestimmung entgegentragen muß, und das Seltsame ist, daß ich gar keine Lust verspüre, hier auszusteigen und am Ufer der Elbe unter diesen reizenden Bäumen spazierenzugehen. Ich sehne mich nach Polen, ich sehne mich nach diesem Horizont so sehr, so wild und innig, wie sich nur ein Liebender nach der Geliebten sehnen kann. Wenn doch der Zug abführe, wenn er weiterführe! Warum hier stehenbleiben, warum so lange in diesem gottverfluchten Sachsen stehenbleiben, warum schweigt die sonore Stimme jetzt so lange? Ich bin voll Ungeduld, ich habe keine Angst, das ist das Seltsame, ich habe keine Angst, nur eine namenlose Neugierde und Unruhe. Und doch möchte ich nicht sterben. Ich möchte leben, theoretisch ist das Leben schön, theoretisch ist das Leben herrlich, aber ich möchte nicht aussteigen, seltsam, daß ich aussteigen könnte. Ich brauche nur durch den Gang zu gehen, das lächerliche Gepäck stehenzulassen und abzuhauen, irgendwohin, unter Bäumen spazierengehen, unter Herbstbäumen, und ich bleibe hier stehen wie aus Blei, ich will in diesem Zug bleiben, ich sehne mich schrecklich nach der Düsternis Polens und nach dieser unbekannten Strecke zwischen Lemberg und Czernowitz, wo ich sterben muß.

Kurz hinter Dresden wird auch der Unrasierte wieder wach. Sein Gesicht ist sehr fahl unter den Stoppeln, und seine Augen sind unglücklicher noch als zuvor. Er öffnet stumm seine Büchse mit Fleisch und beginnt mit der Gabel brockenweise die Konserve zu essen; dazu nimmt er Brot. Seine Hände sind schmutzig, und manchmal fallen kleine Brocken Fleisch auf den Boden, wo er nachts wieder schlafen wird, dorthin, wo schon viele Zigarettenkippen liegen und wo sich eine Menge von jenem unpersönlichen Dreck angesammelt hat, der dem Soldaten einfach zuzufliegen scheint. Auch der Blonde ißt. Andreas steht am Fenster und sieht nichts, es ist hell draußen und die Sonne ist noch mild, aber er sieht nichts. Seine Gedanken wimmeln vor der schönen sanften Gartenlandschaft um Dresden. Er wartet ungeduldig darauf, daß der Unrasierte mit seiner Mahlzeit fertig wird, damit er ihn nach der Karte fragen kann. Er hat gar keine Vorstellung von der Strecke zwischen Lemberg und Czernowitz. Nikopol kann er sich vorstellen, auch Lemberg und Przemysl . . . Odessa und Nikolajew . . . und Kertsch, aber Czernowitz ist nur ein Name; er denkt an Juden und Zwiebeln, düstere Straßen mit flachdachigen Häusern, breite Straßen und Spuren altösterreichischer Verwaltungsgebäude, zerbröckelte k. u. k.-Fassaden in verwilderten Gärten, die vielleicht jetzt Lazarette bergen oder Verwundetensammelstellen, und diese reizvollen, schwermütigen östlichen Boulevards mit niedrigen dicken Bäumen, damit die flachdachigen Häuser nicht erdrückt werden von Wipfeln. Keine Wipfel . . .

So wird Czernowitz sein, aber was dazwischen ist, zwischen Lemberg und Czernowitz, davon hat er keine Vorstellung. Das muß Galizien sein. Lemberg ist ja die Hauptstadt von Galizien. Irgendwo ist da auch Wolhynien, alles dunkle, düstere Namen, die nach Pogrom riechen und schrecklich traurigen riesigen Gütern, auf denen schwermütige Frauen von Ehebrüchen träumen, weil ihre specknackigen Männer ihnen zuwider geworden sind...

Galizien, ein dunkles Wort, ein schreckliches Wort, und doch ein schönes Wort. Es ist etwas von einem sehr leise schneidenden Messer darin ... Galizien ...

Lemberg ist gut. Lemberg kann er sich vorstellen. Schön und düster und ohne Leichtigkeit sind diese Städte, blutig ihre Vergangenheit und wild die Gassen, still und wild.

Der Unrasierte wirft die Konservenbüchse zum Fenster hinaus, steckt das Brot, von dem er einfach so abgebissen hat, in die Tasche und beginnt zu rauchen. Sein Gesicht ist traurig, traurig, irgendwie voll Reue, als schäme er sich des wüsten Kartenspiels und der Schnapstrinkerei; er lehnt sich neben Andreas ins Fenster, und Andreas spürt, daß er sprechen will.

»Sieh da, eine Fabrik«, sagt er, »eine Stuhlfabrik.«

»Ja«, sagt Andreas. Er sieht nichts, er möchte auch nichts sehen, nur die Karte. »Kannst du«, er gibt sich einen Ruck, »kannst du mir mal die Karte geben?«

»Welche Karte?« Andreas spürt einen tiefen Schreck und weiß, daß er bleich wird. Wenn der Unrasierte gar keine Karte hätte?

»Die«, stottert er, »die Landkarte.«

»Ach so...!« Der Unrasierte bückt sich sofort, kramt in der Tasche und reicht ihm die zusammengefaltete Karte.

Es ist schrecklich, daß der Unrasierte sich mit ihm über die Karte beugt. Andreas riecht den Büchsenfleischatem, der noch immer nicht ganz ohne das Aroma verdauten, halbgesäuerten Schnapses ist. Er riecht den Schweiß und den Schmutz und sieht vor Erregung gar nichts, dann sieht er den Finger des Unrasierten, einen dicken, roten, schmutzigen und doch sehr gutmütigen Finger, und der Unrasierte sagt: »Da muß ich hin.« Andreas liest den Namen des Ortes: »Kolomea« steht da. Seltsam, jetzt, wo er näher zublickt, sieht er, daß Lemberg gar nicht weit von diesem Kolomea liegt ... er geht zurück ... Stanislau, Lemberg ... Lemberg ... Stanislau, Kolomea, Czernowitz. Seltsam, denkt er; Stanislau, Kolomea ... diese Namen erwecken keinerlei sicheres Echo. Diese Stimme in ihm, diese stets wache und empfindsame Stimme schwankt und zittert wie eine Kompaßnadel, die noch nicht stillstehen kann. Kolomea, werde ich noch bis Kolomea kommen? Nichts Gewisses ... ein seltsames Schwanken der ewig vibrierenden Nadel ... Stanislau? Dasselbe Schwirren. Nikopol! denkt er plötzlich. Nichts.

»Ja«, sagt der Unrasierte, »da liegt meine Einheit. Reparaturwerkstätte. Ich hab es gut.« Er sagt das mit einer Stimme, als wenn er sagen wollte: Mir geht es entsetzlich schlecht.

Seltsam, denkt Andreas. Ich hatte gedacht, das sei eine Ebene da in der Gegend, es sei ein grüner Fleck mit einigen schwarzen Punkten, aber die Karte ist dort weißlichgelb. Ausläufer der Karpaten, denkt er plötzlich, und er sieht seine Schule vor sich, die ganze Schule, die Flure und die Büste Ciceros und den schmalen Schulhof, eingeklemmt zwischen Mietskasernen, und im Sommer die Frauen, die im Büstenhalter in den Fenstern lagen, und die Kakaobude unten beim Hausmeister, und den großen, ganz trockenen Speicher, auf dem sie in der Pause schnell eine Zigarette geraucht haben. Ausläufer der Karpaten ...

Der Finger des Unrasierten liegt jetzt weiter südöstlich. »Cherson«, sagt er, »da waren wir zuletzt, und jetzt geht's weiter zurück, wahrscheinlich nach Lemberg oder in die ungarischen Karpaten hinein. In Nikopol bricht ja auch die Front zusammen, hast du gehört im Bericht? Die waten dort durch den Schlamm zurück, Rückzug durch Schlamm! Das muß Wahnsinn sein, alle Fahrzeuge bleiben stecken, und wenn einmal drei hintereinanderstehen, dann ist alles, was dahinter auf der Straße steht, verloren, da gibt's kein Zurück und kein

Vor mehr, und alles wird gesprengt ... alles wird gesprengt, und alles muß zu Fuß latschen, vielleicht auch die Generäle ... hoffentlich. Aber die fliegen sicher ... Sie müßten zu Fuß gehen, zu Fuß, wie des Führers liebe Infanterie. Bist du bei der Infanterie?«

»Ja«, sagt Andreas. Er hat nicht viel verstanden. Sein Blick liegt fast zärtlich auf diesem Kartenabschnitt, der gelblich-weiß ist und wo nur vier schwarze Punkte sind, ein ganz dicker, das ist Lemberg, und ein etwas kleinerer, das ist Czernowitz, und zwei ganz kleine: Kolomea und Stanislau.

»Schenk mir die Karte«, sagt er heiser, »schenk sie mir«, ohne den Unrasierten anzusehen. Er könnte sich nicht mehr von der Karte trennen, und er zittert davor, daß der Unrasierte nein sagen könnte. Viele sind so, daß ein Ding ihnen plötzlich wertvoll wird, weil ein anderer es gerne haben möchte. Ein Ding, das sie im nächsten Augenblick vielleicht wegwerfen würden, wird ihnen kostbar und teuer und unverkäuflich, weil ein anderer es haben und gebrauchen möchte.

Viele sind so, aber der Unrasierte ist nicht so.

»Sicher«, sagt er erstaunt, »das ist doch nichts. Zwanzig Pfennige. Und alt ist sie dazu. Wo mußt du denn hin?«

»Nikopol«, sagt Andreas, und wieder spürt er die scheußliche Leere bei dem Wort, es ist ihm, als habe er den Unrasierten belogen. Er wagt nicht, ihn anzusehen.

»Nun, ehe du da unten bist, ist nichts mehr mit Nikopol, vielleicht Kischinew ... weiter nicht.«

»Glaubst du?« fragt Andreas. Auch Kischinew sagt ihm nichts.

»Gewiß. Kolomea schon«, der Unrasierte lacht. »Wie lange fährst du bis unten? Laß mal sehen. Morgen früh Breslau. Morgen abend Przemysl. Donnerstag, Freitag abend, vielleicht früher, weiter. Lemberg. Nun, Samstag abend bin ich in Kolomea, du wirst ein paar Tage noch brauchen, noch 'ne Woche, wenn du schlau bist, in einer Woche sind sie weg von Nikopol, in 'ner Woche gibt's Nikopol für uns nicht mehr.«

Samstag, denkt Andreas. Samstag ist ein ganz sicheres, volles Gefühl. Samstag werde ich noch leben. So nah hat er nicht zu denken gewagt. Jetzt begreift er auch, warum sein Herz schwieg, wenn er in Monaten oder gar in Jahren dachte. Das war ein Sprung, weit, weit übers Ziel hinaus, ein Schuß ins Leere, der ohne Echo war, ins Niemandsland, das es nicht mehr gibt für ihn. Es ist ganz nah, das Ende ist unheimlich nah. Samstag. Ein wildes, köstliches, schmerzliches Vibrieren. Samstag werde ich noch leben, den ganzen Samstag noch. Noch drei Tage. Aber Samstag abend will der Unrasierte doch schon in Kolomea sein, dann müßte ich doch Samstag spät in Czernowitz sein, und es ist doch gar nicht in Czernowitz, zwischen Lemberg und Czernowitz, und nicht Samstag. Sonntag! denkt er plötzlich. Nichts ... nicht viel ... ein sanftes, sehr, sehr trauriges und ungewisses Gefühl. Sonntag morgen werde ich sterben zwischen Lemberg und Czernowitz.

Jetzt erst blickt er den Unrasierten an. Er erschrickt vor dessen Gesicht, das unter den schwarzen Stoppeln weiß ist wie Kalk. Und Angst ist in den Augen. Dabei fährt er doch in eine Reparaturwerkstatt und nicht an die Front, denkt Andreas. Warum diese Angst, warum diese Trauer? Das ist kein bloßer Katzenjammer. Jetzt blickt er dem Unrasierten voll in die Augen, er erschrickt noch mehr vor diesem gähnenden Abgrund der Verzweiflung. Das ist nicht nur Angst und Leere, etwas furchtbar Saugendes, und er weiß, warum der saufen muß, saufen muß, um irgend etwas hineinzuschütten in diesen Abgrund...

»Das Komische ist«, sagt der Unrasierte plötzlich mit rauher Stimme, »das Komische ist, daß ich doch Urlaub habe. Urlaub bis nächsten Mittwoch, eine ganze Woche. Aber ich bin abgehauen. Meine Frau ist ... meine Frau«, er würgt an etwas Schrecklichem zwischen Schluchzen und Wut. »Meine Frau«, sagt er, »ist nämlich fremdgegangen. Ja«, er lacht plötzlich laut, »ja, sie ist fremdgegangen, Kumpel. Komisch, da ist man durch Europa gezogen, hat da bei einer Französin gepennt und da mit einer Rumänin gehurt und ist in Kiew

27

hinter den Russinnen hergerannt; und wenn man in Urlaub fuhr und hatte Aufenthalt, da irgendwo in Warschau oder in Krakau, da konntest du den schönen Polinnen auch nicht widerstehen. Es war unmöglich ... und ... und ... und ...«, wieder würgt er dieses fürchterliche Gebilde zwischen Schluchzen und Wut hinunter wie Gewölle, »und da kommst du also nach Hause, ganz unverhofft natürlich, nach fünfzehn Monaten, da liegt ein Kerl auf deiner Couch, ein Kerl, ein Russe, ja, ein Russe liegt auf deiner Couch, das Grammophon spielt Tango, und deine Frau hockt in einem roten Pyjama am Tisch und mixt etwas ... ja, so war es, genau so. Ich hab ja Schnaps und Liköre genug geschickt ... aus Frankreich, aus Ungarn, aus Rußland. Dem Kerl rutscht vor Schrecken die Zigarette in den Schlund, und die Frau schreit wie ein Tier ... ich sage dir, wie ein Tier!« Ein Schauder geht über seine massigen Schultern. »Wie ein Tier, sag ich dir, mehr weiß ich nicht.« Andreas blickt erschreckt zurück, nur einen einzigen kurzen Blick. Aber der Blonde kann nichts hören. Er sitzt ruhig da, ganz ruhig, fast gemütlich, und schmiert aus einem sehr sauberen Schraubglas knallrote Marmelade auf weißes Brot. Sehr sauber und ruhig schmiert er und beißt wie ein Bürokrat, fast wie ein Oberinspektor. Vielleicht ist der Blonde Inspektor. Der Unrasierte schweigt, und es schüttelt ihn etwas. Seine Worte kann niemand gehört haben. Der Zug hat sie weggerissen ... sie sind fortgeflogen, unhörbar weggeflogen mit dem Luftzug ... sie sind vielleicht zurückgeflogen nach Dresden ... nach Radebeul ... wo die kleine Fliege hockt und wo das Mädchen mit dem gelben Kleid auf sein Fahrrad gestützt steht ... immer noch ... immer noch.

»Ja«, sagt der Unrasierte, er spricht schnell, fast amtlich, als wolle er eine angefangene Spule schnell abhaspeln. »Ich bin abgehauen, einfach abgehauen. Ich hatte mir unterwegs die Arbeitshose angezogen, weil ich doch meine neue schwarze Panzerhose mit der Bügelfalte schonen wollte für den Urlaub. Ich hab mich auf meine Frau gefreut gehabt ... wahnsinnig gefreut ... nicht nur auf ... nicht nur auf das. Nein, nein!«

Er schreit: »Das ist etwas ganz anderes, worauf man sich freut. Das ist doch zu Hause, das ist doch deine Frau, Mensch. Das ist doch nichts, was man mit den andern Weibern macht, das vergißt du nach einer Stunde wieder ... und nun, nun sitzt da ein Russe, ein langer Kerl, soviel hab ich gesehen, und wie der dalag und rauchte, so faul können wir gar nicht daliegen und rauchen ... wir können nirgendwo in der Welt so faul liegen und rauchen. Und auch an seiner Nase hab ich gesehen, daß er ein Russe war ... man sieht's ja an der Nase ...«

Ich muß mehr beten, denkt Andreas, ich habe seit der Abfahrt von zu Hause kaum noch gebetet. Der Unrasierte schweigt wieder und blickt in die sanfte Landschaft, in der die Sonne jetzt wie ein goldener Schimmer liegt. Der Blonde sitzt immer noch, er trinkt aus einer Flasche Kaffee und ißt jetzt Weißbrot mit Butter, die Butter ist in einer nagelneuen Butterdose; er ißt sehr planmäßig, sehr sauber. Ich muß mehr beten, denkt Andreas, und eben will er anfangen, da beginnt der Unrasierte wieder. »Ja, ich bin abgehauen. Mensch, in den nächsten Zug und alles wieder mitgenommen. Schnaps und Fleisch und Geld, Mensch, wieviel Geld hatte ich mitgebracht, doch alles für sie, Mensch, wofür habe ich denn immer alles geschleppt, nur für sie. Wenn ich nur Schnaps hätte, jetzt Schnaps ... woher jetzt Schnaps kriegen, ich hab schon hin und her überlegt, hier sind sie ja bescheuert, hier kennen sie keinen Schwarzmarkt ...«

»Ich hab Schnaps«, sagt Andreas, »willst du?«

»Schnaps ... Mensch ... Schnaps!«

Andreas lächelt. »Ich geb dir den Schnaps für die Landkarte, ja?« Der Unrasierte umarmt ihn. Er hat ein fast glückliches Gesicht. Andreas beugt sich zu seiner Tasche hinunter und kramt eine Flasche Schnaps heraus. Einen Augenblick lang denkt er: ich will pädagogisch sein und ihm die zweite Flasche erst geben, wenn er sie braucht oder wenn er nach dem Rausch, den er sich ansäuft, wieder wach geworden ist. Aber dann greift er noch einmal in die Tasche und holt die zweite Flasche heraus.

»Da«, sagt er, »trink sie allein, ich mag nicht, nein!«

Bald werde ich sterben, denkt er . . . bald, bald, und dieses Bald ist schon nicht mehr so verschwommen, er hat sich herangetastet an dieses Bald, hat es umschlichen und umschnüffelt, und er weiß schon, daß er in der Nacht von Samstag auf Sonntag sterben wird, zwischen Lemberg und Czernowitz . . . in Galizien. Da unten ist Ostgalizien, wo er ganz nah an der Bukowina und an Wolhynien ist. Diese Namen sind wie unbekannte Getränke. Bukowina, das klingt nach einem handfesten Pflaumenschnaps, und Wolhynien, das ist wie ein sehr dickes, fast sumpfiges Bier, wie das Bier, das er einmal in Budapest getrunken hat, richtiges Suppenbier . . .

Er blickt noch einmal durch die Scheibe zurück und sieht, wie der Unrasierte die Flasche an den Hals setzt; er sieht auch, wie der Blonde abwinkt, als der Unrasierte ihm anbietet. Dann blickt er wieder hinaus, aber er sieht nichts . . . er sieht nur fern irgendwo diesen polnischen Horizont hinter einer endlosen Fläche, diesen berauschenden, weiten Horizont, den er sehen wird, wenn die Stunde da ist . . .

Es ist gut, denkt er, daß ich nicht allein bin. Kein Mensch könnte das allein ertragen, und er ist jetzt froh, daß er die Aufforderung zum Kartenspiel angenommen und diese beiden kennengelernt hat. Den Unrasierten hat er gleich gern gehabt, und der Blonde, der Blonde scheint nicht so dekadent zu sein, wie er aussieht. Oder er ist wirklich so dekadent, aber er ist ein Mensch. Es ist nicht gut, daß der Mensch allein sei. Es wäre wahnsinnig schwer, mit den andern allein zu sein, die jetzt wieder den Flur füllen, diesen Schwätzern, die von nichts reden können als von Urlaub und Heldentum, von Beförderungen und Orden, von Fressen und von Tabak und von Weibern, Weibern, Weibern, die ihnen allen zu Füßen gelegen haben . . . Kein Mädchen wird mir nachweinen, denkt er, das ist seltsam. Das ist traurig. Wenn irgendwo eine an mich denken würde! Auch wenn sie unglücklich wäre. Gott ist mit den Unglücklichen. Das Unglück ist das Leben, der Schmerz ist das Leben. Es wäre schön, wenn irgendwo eine an mich dächte

und mir nachweinte . . . ich würde sie hinter mir herziehen . . .
ich würde sie an ihren Tränen hinter mir herschleppen, sie sollte nicht in alle Ewigkeit auf mich warten. Kein Mädchen! Das
ist seltsam. Keine, die ich geküßt habe. Es ist wohl möglich,
doch nicht wahrscheinlich, daß die eine noch an mich denkt;
sie kann nicht mehr an mich denken. Eine Zehntelsekunde
haben unsere Augen ineinander geruht, vielleicht noch weniger als eine Zehntelsekunde, und ich kann ihre Augen nicht
vergessen. Dreiundeinhalb Jahre lang hab ich an sie denken
müssen und hab sie nicht vergessen können. Nur eine Zehntelsekunde lang oder weniger, und ich weiß nicht, wie sie
heißt, nichts weiß ich, nur ihre Augen kenne ich, sehr sanfte,
fast blasse, traurige Augen von einer Farbe wie dunkelgereg-
neter Sand; unglückliche Augen, viel Tierisches darin und
alles Menschliche, und nie, nie vergessen, keinen Tag seit
dreiundeinhalb Jahren, und ich weiß nicht, wie sie heißt,
weiß nicht, wo sie wohnt. Dreiundeinhalb Jahre! Ich weiß
nicht, ob sie groß war oder klein, nicht einmal ihre Hände
hab ich gesehen. Wenn ich doch wenigstens ihre Hände gesehen hätte! Nur das Gesicht, nicht einmal das genau; dunkles Haar, vielleicht schwarz, vielleicht braun, ein schmales,
langes Gesicht, nicht hübsch, nicht glatt, aber die Augen,
fast schräg, wie dunkler Sand, voll Unglück, und diese Augen
gehören mir, mir ganz allein, und diese Augen haben auf mir
geruht und gelächelt eine Zehntelsekunde lang . . . Da war
nur ein Zaun und dahinter ein Haus, und auf dem Zaun lagen
zwei Ellenbogen, und zwischen diesen Ellenbogen lag das
Gesicht, lagen diese Augen in einem französischen Nest hinter Amiens; unter dem glühenden Sommerhimmel, der von
Hitze graugebrannt war. Und da war eine Landstraße vor
meinen Augen, die lief bergauf zwischen ärmlichen Bäumen,
und rechts lief eine Mauer mit, und hinter uns dampfte
Amiens wie in einem Kessel; Rauch lag über der Stadt, und
der düstere Rauch des Kampfes schwelte wie ein Gewitter,
links fuhren Krafträder vorbei mit hysterischen Offizieren,
Panzer rollten breitspurig und überschütteten uns mit Staub,

und vorne irgendwo brüllten Kanonen. Die Landstraße, die den Berg hinauflief, machte mich plötzlich schwindeln, sie drehte sich vor meinen Augen, und die Mauer, die rechts neben der Straße wie verrückt den Berg hinauflief, kippte plötzlich um, kippte einfach um, und ich schlug mit der Mauer zur Seite, als sei mein Leben das Leben der Mauer. Die ganze Welt drehte sich, und ich sah nichts mehr von ihr als ein stürzendes Flugzeug, aber das Flugzeug stürzte nicht von oben nach unten, nicht vom Himmel zur Erde, sondern von der Erde zum Himmel, und ich sah jetzt, daß der Himmel die Erde war, ich lag auf der graublauen unbarmherzig heißen Fläche des Himmels. Dann kippte mir jemand Cognac ins Gesicht, rieb mich, kippte mir Cognac in den Hals, und ich durfte aufblicken und sah über mir den Zaun, diesen Zaun, diesen Zaun aus Ziegelsteinen mit Lücken drin, und auf diesem Zaun lagen zwei spitze Ellenbogen, und zwischen den Ellenbogen sah ich diese Augen eine Zehntelsekunde lang. Dann schrie der Leutnant: »Weiter, weiter. Auf!« Und irgendeiner schnappte mich beim Kragen und warf mich in die Landstraße hinein, und die Straße zog mich fort, und ich war wieder eingeklemmt in die Kolonne und konnte mich nicht umblicken, nicht einmal umblicken...

Ach, ist es so schändlich, wenn ich gerne gewußt hätte, welche Stirn zu diesen Augen gehörte, welcher Mund und welche Brust und welche Hände? Ach, wäre es zuviel gewesen, wenn ich hätte erfahren dürfen, welches Herz dazugehörte, ein Mädchenherz vielleicht; wenn ich den Mund, der zu diesen Augen gehörte, einmal hätte küssen dürfen, bevor sie mich ins nächste Nest warfen, wo man mir plötzlich das Bein einfach unter dem Leib wegschlug. Es war ja Sommer, und die Frucht stand golden auf den Feldern, magere Halme, manche schwarzverbrannt, die der Sommer gefressen hatte, und nichts war mir so sehr verhaßt, als auf einem Ährenfeld den Heldentod zu sterben, es erinnerte mich zu sehr an ein Gedicht, und ich mochte nicht wie in einem Gedicht sterben, nicht den Heldentod sterben wie auf einem Reklamebild für diesen dreckigen Krieg ... und es war doch wie ein vaterländisches Gedicht, daß ich auf einem Ährenfeld lag, blutend und verwundet und fluchend, und daß ich vielleicht sterben sollte, fünf Minuten von diesen Augen entfernt.

Aber nur der Knochen war kaputt. Ich war ein Held, auf Frankreichs Fluren verwundet, hinter Amiens, nicht weit von der Mauer, die wie wahnsinnig den Berg hinauflief, und fünf Minuten nur von diesem Gesicht, von dem ich nur die Augen sehen durfte ...

Nur eine Zehntelsekunde habe ich die einzig Geliebte sehen dürfen, die vielleicht nur ein Spuk war, und nun muß ich sterben, zwischen Lemberg und Czernowitz, vor dem weiten polnischen Horizont.

Und hab ich ihnen nicht versprochen, diesen Augen, jeden Tag für sie zu beten, jeden Tag, und dieser Tag ist bald zu Ende. Es dämmert schon, und gestern hab ich nur so zwischen dem Kartenspiel einmal flüchtig an sie gedacht, deren Name ich nicht kenne und deren Mund ich nie geküßt ...

Das Furchtbare ist, daß Andreas plötzlich Hunger hat. Es ist Donnerstag abend, und am Sonntag wird er sterben, und er hat Hunger, er hat Kopfschmerzen vor Hunger, er ist müde vor Hunger. Es ist ganz still im Flur, und es ist nicht mehr eng. Er setzt sich neben den Unrasierten, der bereitwillig Platz macht, und alle drei schweigen. Auch der Blonde schweigt. Der Blonde hat eine Mundharmonika zwischen den Lippen und spielt sie von der geschlossenen Seite. Es ist eine kleine Mundharmonika, und er läßt die geschlossene Seite sanft durch die Lippen gleiten, und man sieht seinem Gesicht an, daß er die Melodien nur dazuträumt. Der Unrasierte trinkt, er trinkt planmäßig und still in regelmäßigen Abständen, und seine Augen beginnen zu blinken. Andreas ißt das letzte Paket von den Fliegerangriffsbutterbroten. Sie sind etwas trocken geworden, aber sein Hunger begrüßt sie wohlgefällig, und es schmeckt herrlich, er ißt sechs doppelte Butterbrote und bittet den Blonden um die Kaffeeflasche. Die Butterbrote sind wirklich köstlich, es schmeckt wunderbar, und hinterher spürt er ein schauriges Wohlbefinden, eine schrecklich gute Laune. Er ist glücklich, daß die beiden schweigen, und das regelmäßige Rattern des Zuges, dessen geringste Bewegung sie spüren, hat etwas Einschläferndes. Jetzt werde ich beten, denkt er, alle Gebete, die ich auswendig weiß, und noch einige dazu. Er betet erst das Credo, dann Vaterunser und Ave Maria, de Profundis ... ut pupillam oculi ... Komm Heiliger Geist; noch einmal das Credo, weil es so wunderbar vollständig ist; dann die Karfreitagsfürbitten, weil sie so wunderbar umfassend sind, auch für die ungläubigen Juden. Dabei denkt er an Czernowitz, und er betet besonders für die Czernowitzer Juden und für die Lemberger Juden, und in Stanislau sind auch sicher Juden, und in Kolomea ... dann noch einmal ein Vaterunser, und dann ein eigenes Gebet; es läßt sich wunderbar beten neben den schweigenden beiden, von denen der eine stumm und innig die verkehrte Seite der Mundharmonika spielt und der andere unentwegt Schnaps säuft ...

Es ist dunkel geworden draußen, und er betet lange für die Augen, wahnsinnig lange, viel länger, als er vorher für alle anderen gebetet hat. Auch für den Unrasierten und den Blonden und für den, der gestern gesagt hat: Praktisch, praktisch haben wir den Krieg schon gewonnen, für den besonders.

»Breslau«, sagt der Unrasierte plötzlich, und seine Stimme hat einen merkwürdig schweren, fast metallischen Klang, als ob er anfinge, wieder ein bißchen besoffen zu werden. »Breslau, bald müssen wir nach Breslau kommen ...«

Andreas sagt sich jetzt das Gedicht her: »War einst ein Glockengießer zu Breslau in der Stadt ...« Er findet das Gedicht herrlich, und es ist ihm schmerzlich, daß er es nicht ganz auswendig weiß. Nein, denkt er, ich werde nicht bald sterben. Ich werde am Sonntag morgen sterben oder in der Nacht, zwischen Lemberg und Czernowitz, vor diesem himmelweiten polnischen Horizont.

Dann sagt er sich das Gedicht »Archibald Douglas« her, denkt an die unglücklichen Augen und schläft lächelnd ein ...

Das Erwachen ist immer furchtbar. Die Nacht davor trat ihm jemand auf die Finger, und in dieser Nacht träumt er etwas Schreckliches: Er sitzt irgendwo auf einer nassen, sehr kalten Ebene und hat keine Beine mehr, absolut keine Beine, er sitzt auf den Stummeln seiner Oberschenkel, und der Himmel über dieser Ebene ist schwarz und schwer, und dieser Himmel senkt sich langsam auf die Ebene herab, immer näher, immer mehr, ganz langsam senkt sich dieser Himmel, und er kann nicht weglaufen, und er kann nicht schreien, weil er weiß, daß Schreien zwecklos ist. Die Zwecklosigkeit lähmt ihn. Wo soll dort ein Mensch sein, der seine Schreie hört, und er kann sich doch nicht von diesem sinkenden Himmel zerquetschen lassen. Er weiß nicht einmal, ob die Ebene Gras, nasses Gras, oder bloße Erde ist oder nur Matsch . . . er kann sich nicht bewegen, er denkt nicht daran, sich mit den Händen fortzubewegen, hüpfend, wie ein lahmer Vogel, und wohin auch? Endlos ist der Horizont, zu allen Seiten hin endlos, und der Himmel sinkt, und dann fällt ihm plötzlich etwas sehr Kaltes und Nasses auf den Kopf, und er denkt eine millionstel Sekunde daran, daß dieser schwarze Himmel nur Regen ist und daß er sich jetzt öffnen wird, das denkt er in der millionstel Sekunde und will schreien . . . aber er erwacht und sieht sofort, daß der Unrasierte über ihm steht, die Flasche am Hals, und er weiß, daß ein Tropfen aus der Flasche auf seine Stirn gefallen ist . . .

Alles ist gleich wieder bei ihm. Sonntag morgen . . . jetzt ist Freitag. Noch zwei Tage. Alles ist da. Der Blonde schläft . . . der Unrasierte trinkt mit wilden Schlucken, und es ist kalt im Waggon, es zieht unter der Tür her, und die Gebete sind erloschen, und der Gedanke an die Augen erweckt nicht mehr dieses schmerzliche Glück, nur Trauer und Verlassenheit. Alles ist da, und alles hat morgens ein anderes Gesicht, alles ist glanzloser und alles ist zwecklos, und es wäre schön, unendlich schön, wenn morgens auch dieses Bald erloschen wäre, dieses jetzt sehr bestimmte, sehr gewisse Bald. Aber dieses Bald ist da, es ist immer gleich da, als habe es sprungbereit gewartet; seitdem er das Wort ausgesprochen hat, liegt es auf ihm wie ein zweites Gesicht. Zwei Tage schon ist es so nahe bei ihm, so unzertrennlich mit ihm verbunden wie seine Seele, sein Herz. Dieses Bald ist auch morgens stark und sicher. Sonntag morgen...

Der Unrasierte hat auch gemerkt, daß Andreas aufgewacht ist. Er steht noch immer über ihm und trinkt an der Flasche. Im fahlen Dämmer sieht das schrecklich aus, diese dicke Gestalt, halb gebeugt wie zum Sprung, die Flasche am Hals und die glitzernden Augen und das seltsame, gefährliche Glucksen aus der Flasche.

»Wo sind wir?« fragt Andreas leise und heiser. Er hat Angst, es ist kalt und noch fast ganz dunkel.

»Nicht mehr weit von Przemysl«, sagt der Unrasierte. »Willst du trinken?« – »Ja.« Der Schnaps ist gut. Er läuft wie scharfes Feuer in ihn hinein, er treibt das Blut rund, wie Feuer unter einem Kessel Wasser zum Sieden bringt. Der Schnaps ist gut, er wärmt ihn. Er gibt dem Unrasierten die Flasche zurück.

»Trink nur«, sagt der Unrasierte rauh, »ich hab in Krakau neuen geholt.«

»Nein.«

Der Unrasierte setzt sich neben ihn, und es tut gut, einen Menschen zu wissen, der nicht schläft, wenn man wach und von Trostlosigkeit erfüllt ist. Alle schlafen, der Blonde schnarcht wieder pfeifend und leise in der Ecke, und die anderen, die furchtbar Schweigsamen und die furchtbaren Schwätzer, alle schlafen sie. Es ist eine gräßliche Luft auf dem Flur, sauer und mit Schmutz durchsetzt, voll Schweiß und Dunst.

Plötzlich fällt ihm ein, daß sie schon in Polen sind. Sein Herz bleibt einen Augenblick stehen, es stockt wieder, als habe die Vene sich plötzlich verknotet und lasse kein Blut mehr durch. Nie mehr werde ich Deutschland sehen, Deutschland ist weg. Der Zug hat Deutschland verlassen, während ich schlief. Irgendwo war ein Strich, ein unsichtbarer Strich über ein Feld oder quer durch ein Dorf, und da war die Grenze, und der Zug ist kaltblütig darüber gefahren, und ich war nicht mehr in Deutschland, und niemand hat mich geweckt, damit ich noch einmal in die Nacht starre und wenigstens ein Stück von der Nacht sehe, die über Deutschland hängt. Keiner weiß ja, daß ich es nicht mehr sehen werde, keiner weiß, daß ich sterben werde, keiner im Zug. Niemals mehr werde ich den Rhein sehen. Der Rhein! Der Rhein! Niemals mehr! Dieser Zug nimmt mich einfach mit und schleppt mich nach Przemysl, und da ist Polen, trostlosestes Polen, und niemals werde ich den Rhein sehen, niemals mehr ihn riechen, diesen köstlichen herben Geruch von Wasser und Tang, der an jedem Stein am Ufer des Rheines hängt, der darin festgewachsen ist. Niemals mehr die Alleen am Rhein, die Gärten hinter den Villen und die Schiffe, die bunt sind und sauber und froh, und die Brücken, die herrlichen Brücken, die streng und elegant über das Wasser springen wie große schlanke Tiere.

»Gib mir noch einmal die Flasche«, sagt er rauh. Der Unrasierte reicht sie ihm, und er nimmt einen sehr tiefen und sehr langen Schluck von diesem Feuer, diesem flüssigen Feuer, das die Trostlosigkeit des Herzens ausbrennt. Dann raucht er, und er wünscht, daß der Unrasierte anfangen soll zu sprechen. Aber erst möchte er doch beten, gerade weil es so trostlos ist, darum will er beten. Er sagt dieselben Gebete her wie am Abend, aber jetzt betet er zuerst für die Augen, damit er sie nicht vergißt. Die Augen sind immer bei ihm, aber nicht immer in gleicher Deutlichkeit. Manchmal tauchen sie unter für Monate und sind nur da, so wie seine Lippen da sind und seine Füße, die er immer bei sich hat und deren er sich doch nur selten bewußt wird, nur wenn sie schmerzen; und manchmal, in unregelmäßigen Abständen, oft nach Monaten, tauchen die Augen auf, das war gestern, tauchen auf wie ein neuer brennender Schmerz, und an diesen Tagen betet er abends für die Augen; heute muß er morgens für die Augen beten. Er betet auch wieder für die Juden von Czernowitz und für die Juden von Stanislau und Kolomea; da sind überall

Juden in Galizien, Galizien, das Wort ist wie eine Schlange, die winzige Füße hat und die Gestalt eines Messers, eine Schlange mit blitzenden Augen, die sanft über die Erde schleicht und schneidet, die die Erde entzweischneidet. Galizien ... das ist ein dunkles, schönes und sehr schmerzensreiches Wort, und in diesem Lande werde ich sterben.

Es ist viel Blut in diesem Wort, Blut, von dem Messer fließen gemacht. Bukowina, denkt er, das ist ein gediegenes Wort, ein festes Wort, da werde ich nicht sterben, ich werde in Galizien sterben, in Ostgalizien. Ich muß doch, wenn es hell wird, nachsehen, wo die Bukowina anfängt, die werde ich nicht mehr sehen; so komme ich immer näher. Czernowitz, das ist schon Bukowina, das werde ich nicht mehr sehen.

»Kolomea«, fragt er den Unrasierten, »ist das noch Galizien?«

»Weiß nicht. Polen, glaub ich.«

Jede Grenze hat eine furchtbare Endgültigkeit. Da ist ein Strich und Schluß. Und der Zug fährt darüber weg, wie er ebensogut über eine Leiche fahren würde, oder über einen Lebenden. Und die Hoffnung ist tot, die Hoffnung, noch einmal nach Frankreich zu kommen und die Augen wiederzufinden und die Lippen, die zu den Augen gehören, und das Herz und die Brust, eine Frauenbrust, die zu diesen Augen gehören muß. Diese Hoffnung ist ganz tot, vollkommen abgeschnitten. Diese Augen werden in alle Ewigkeit nur noch Augen sein, sie werden sich nicht mehr umschließen mit Leib und Kleidern und Haar, und keine Hände, keine Menschenhände, keine Frauenhände, die dich vielleicht einmal liebkosen werden. Diese Hoffnung ist immer noch dagewesen, denn das war doch ein Mensch, ein lebendiger Mensch, dem diese Augen gehörten, ein Mädchen oder eine Frau. Nichts mehr. Nur noch Augen, nie mehr Lippen, niemals Mund, niemals Herz, niemals ein lebendiges Herz unter einer sanften Haut schlagen hören an deiner Hand, niemals ... niemals ... niemals. Sonntag morgen zwischen Lemberg und Kolomea. Czernowitz ist nun weit weg, so weit wie Nikopol und Kischinew. Das Bald ist noch enger geworden, ganz eng. Zwei Tage, Lemberg, Kolomea. Er weiß, daß er vielleicht noch gerade bis Kolomea kommen wird, aber niemals darüber hinaus. Kein Herz, kein Mund, nur Augen, nur die Seele, diese unglückliche schöne Seele, die keinen Leib hat; eingeklemmt zwischen zwei Ellenbogen wie eine Hexe in ihren Pflock, bevor sie verbrannt wird...

Die Grenze hat vieles zerschnitten. Auch Paul endgültig weg. Nur noch Erinnerung, Hoffnung und Traum. »Wir leben auf Hoffnung«, hat Paul einmal gesagt. So wie einer sagt: »Wir leben auf Pump.« Wir haben keine Sicherheit ... nichts ... nur Augen, und wissen nicht, ob die Gebete aus dreiundeinhalb Jahren diese Augen hinübergeangelt haben, dorthin, wohin wir zu kommen hoffen dürfen...

Ja, später ist er hinaufgehumpelt aus dem Lazarett in Amiens auf den Berg, und es ist alles anders gewesen. Die Straße lief nicht grau den Berg hinauf, es war ganz normal. Der Berg trug die Straße auf seinem Rücken, und die Mauer dachte nicht daran, zu schwanken und zu rennen; die Mauer stand. Und da ist das Haus gewesen, das er nicht wiedererkannt hat, nur den Zaun, den hat er erkannt, ein Zaun aus Ziegelsteinen mit Lücken drin, dort, wo man die Ziegelsteine ausgelassen hat, um eine Art Muster hineinzubringen. Da stand ein französischer Kleinbürger mit seiner Pfeife im Mund, und der ganze bleierne französische Spießerspott war in seinen Augen, und dieser Mann wußte nichts. Er wußte nur, daß sie alle weg waren, geflohen, und daß die Deutschen alles geplündert haben, wo doch ein Transparent quer über die Straße gespannt war: Plündern wird mit dem Tode bestraft. Nein, keine Augen. Nur seine Frau. Eine fette Matrone, die die Hand im Busenausschnitt hielt, ein Gesicht fast wie ein Kaninchen. Kein Kind, keine Tochter, keine Schwester, keine Schwägerin, nichts! Nur kleine Zimmer voll von Kitsch und dumpfer Luft und die spöttischen Blicke des Ehepaares, das seinem hilflosen und schmerzlichen Suchen zusah.

Da die Vitrine. Haben die Deutschen zerschmissen. Und den Teppich mit Zigarettenstummeln verbrannt, und auf der Couch haben sie mit ihren Huren gepennt, es war alles versaut. Er spuckt aus vor Verachtung. Aber das ist alles später gewesen, alles später, nicht während des Kampfes, während Amiens dampfte, viel später, nachdem der Flieger drüben im Getreidefeld abgestürzt war, wo man noch den Rumpf der Maschine in der Erde stecken sehen kann. Die Pfeife deutet zum Fenster hinaus ... ja, da steckt er in der Erde, der Rumpf mit der Kokarde, und auf dem französischen Stahlhelm am Grab gleich daneben schillert die Sonne; es ist alles wirklich, alles wirklich, auch der Geruch von gebratenem Fleisch aus der Küche und die zertrümmerte Vitrine und unten im Talkessel die Kathedrale von Amiens. »Ein Bauwerk französischer Gotik...«

Keine Augen. Nichts, gar nichts...

»Vielleicht«, sagt der Mann, »vielleicht eine Hure.« Aber er hat Mitleid, es ist wunderbar, daß der Spießer Mitleid haben kann, Mitleid mit einem deutschen Soldaten, der zur gleichen Armee gehört wie die, die seine Bestecke geklaut haben und seine Uhren, und die mit ihren Huren auf seiner Couch gepennt und sie versaut haben, total versaut.

Der Schmerz ist so gewaltig, daß er auf der Schwelle des Hauses steht und auf die Stelle der Straße blickt, wo er ohnmächtig geworden ist, der Schmerz ist so groß, daß er ihn nicht spürt. Der Mann schüttelt den Kopf, vielleicht hat er noch nie so unglückliche Augen gesehen wie die dieses Soldaten, der sich schwer auf seinen Stock stützt.

»Peut-être«, sagt er, bevor Andreas geht, »peut-être une folle, eine Verrückte dort aus der Anstalt«, er deutet mit der Hand gegen die Mauer, wo unter hohen schönen Bäumen rotdachige Gebäude sind. »Eine Irrenanstalt. Sie waren ja alle durchgebrannt damals, und man hat sie mit Mühe und Not wieder einfangen müssen...«

»Danke ... danke.« Weiter den Berg hinauf, auf die Anstalt zu. Der Anfang der Mauer ist nah, aber da ist kein Tor.

Lange, lange geht es den heißen Berg hinauf, bis ein Tor kommt, und er hat's gewußt, daß da niemand mehr ist. Da steht ein Posten mit Stahlhelm, und es sind keine Irren mehr da, nur Verwundete und Kranke und eine Tripperstation.

»Eine große Tripperstation«, sagt der Posten, »hast du dir auch einen geholt?«

Andreas blickt auf das große Feld, wo der Rumpf mit der Kokarde in der Erde steckt und wo der Stahlhelm in der Sonne blitzt.

»Es ist ja so billig hier«, sagt der Posten, dem es langweilig ist, »du kannst schon für fünfzig Pfennig«, er lacht, »fünfzig Pfennig.« – »Ja«, sagt Andreas . . . vierzig Millionen, denkt er, vierzig Millionen Einwohner hat Frankreich, das ist zu viel. Da kann man nicht suchen. Ich muß warten . . . ich muß in jedes Augenpaar gucken, das mir entgegenkommt. Er hat keine Lust, noch drei Minuten weiterzugehen und das Feld zu besichtigen, wo er verwundet worden ist. Es ist ja nicht das Feld, es ist alles anders. Es ist nicht die Straße von damals, nicht die Mauer von damals, sie haben alles vergessen; auch die Straße hat vergessen, so wie die Menschen vergessen, und die Mauer hat vergessen, daß sie damals vor Angst umgefallen ist und er mit ihr. Und der Rumpf des Flugzeugs da ist ein Traum, ein Traum mit einer französischen Kokarde. Warum dieses Feld besichtigen? Warum diese drei Minuten noch weitergehen und wieder mit Haß und Schmerz an das vaterländische Gedicht denken, das er selbst da gegen seinen Willen aufgeführt hat? Warum die müden Beine noch mehr quälen?

»Jetzt«, sagt der Unrasierte, »jetzt sind wir aber nahe an Przemysl.« – »Gib mir noch einmal die Flasche«, sagt Andreas. Er trinkt.

Es ist immer noch kalt, aber es beginnt leise zu dämmern, und bald wird man den Horizont sehen, diesen polnischen Horizont. Dunkle Häuser und eine Ebene voll Schatten, über der der Himmel immer zusammenzustürzen droht, weil er keinen Halt hat. Das ist vielleicht schon Galizien, vielleicht ist diese Ebene, die da aus dem Dämmer steigt, arm und grau und voll Trauer und Blut, vielleicht ist diese Ebene schon Galizien ... Galizien ... Ostgalizien ...

»Du hast lange geschlafen«, sagt der Unrasierte, »von sieben bis fünf. Jetzt ist es schon fünf. Krakau-Tarnow ... alles weg; kein Auge hab ich zugemacht. So lange sind wir schon in Polen. Krakau-Tarnow und jetzt Przemysl ...« Welch ein wahnsinniger Unterschied zwischen Przemysl und dem Rhein. Zehn Stunden hab ich geschlafen und jetzt hab ich wieder Hunger und noch achtundvierzig Stunden hab ich zu leben. Achtundvierzig Stunden sind schon um. Achtundvierzig Stunden hängt das Bald schon in mir: Bald werde ich sterben. Erst war es sicher, aber weit; sicher, aber unklar, und immer, immer mehr hat es sich eingeengt, es ist schon auf ein paar Kilometer der Landstraße eingeengt und schon auf zwei Tage nahegerückt, und jede Umdrehung der Räder des Zuges bringt mich dorthin. Jede Umdrehung der Räder reißt ein Stück von meinem Leben, einem unglücklichen Leben. Diese Räder zerschleifen mein Leben, zerfasern mein Leben mit ihrem blödsinnigen Takt, sie fahren über Polens Erde genauso stumpfsinnig, wie sie am Rhein entlanggefahren sind, und es sind dieselben Räder. Vielleicht hat Paul auf dieses Rad gesehen, das unter der Tür ist, dieses ölbeschmierte, schmutzüberkrustete Zugrad, das von Paris kommt, vielleicht gar von Le Havre. Von Paris, Gare Montparnasse ... da sitzen sie bald auf Korbstühlen unter Sonnendächern und trinken Wein im Herbstwind, sie schlucken diesen süßen Staub von Paris und schlürfen Absinth oder Pernod, und mit lässiger Eleganz schnippen sie ihre Zigarettenstummel in die Gosse, die unter diesem sanften Himmel fließt, der immer spöttisch ist. In Paris sind nur fünf Millionen und viele Straßen, viele Gassen und viele, viele Häuser, und aus keinem der Fenster blicken die Augen heraus; auch fünf Millionen sind zuviel ... Der Unrasierte beginnt plötzlich sehr hastig zu sprechen. Es ist heller geworden, und die ersten Schläfer beginnen sich zu regen, im Schlaf zu wälzen, und es scheint, als müsse er sprechen, bevor sie ganz erwacht sind. Er möchte in die Nacht hinein sprechen, in ein Ohr in der Nacht, das ihm zuhört ...

»Das Furchtbare ist, daß ich sie nie mehr sehen werde, ich weiß das«, sagt der Unrasierte leise, »und ich weiß nicht, was aus ihr werden soll. Drei Tage bin ich jetzt schon unterwegs, drei Tage. Was hat sie in den drei Tagen gemacht? Ich glaub nicht, daß der Russe noch bei ihr ist. Nein, sie hat ja geschrien wie ein Tier ... wie ein Tier, das vor dem Flintenlauf des Jägers steht. Niemand ist bei ihr. Sie wartet. Ach, ich möchte keine Frau sein. Immer warten ... warten ... warten ... warten.«

Der Unrasierte schreit leise, aber es ist Schreien, ein schrecklich leises Schreien. »Sie wartet ... sie kann nicht leben ohne mich. Niemand ist bei ihr, und niemals wird jemand zu ihr kommen. Sie wartet nur auf mich, und ich liebe sie. Sie ist jetzt so unschuldig wie ein junges Mädchen, das nie ans Küssen gedacht hat, und diese Unschuld ist ganz allein für mich. Ich weiß, dieser grausame, furchtbare Schrecken hat sie ganz rein gemacht ... und kein Mensch, kein Mensch auf der Welt kann ihr helfen als ich allein, kein Mensch, und ich sitze im Zuge nach Przemyśl ... ich werde nach Lemberg fahren ... nach Kolomea ... und niemals mehr werde ich über die deutsche Grenze fahren. Das kann kein Mensch verstehen, warum ich nicht mit dem nächsten Zug zurückfahre und zu ihr gehe ... warum nicht? Kein Mensch kann das verstehen. Aber ich hab Angst vor dieser Unschuld ... und ich liebe sie sehr, und ich werde sterben, und sie wird nichts mehr von mir bekommen als einen amtlichen Brief, darin steht: Gefallen für Großdeutschland ...« Er nimmt einen sehr großen Schluck.

»Der Zug fährt so langsam, Kumpel, findest du nicht? Ich möchte weg, weit weg ... und schnell weg ... und ich weiß nicht, warum ich nicht umsteige und zurückfahre, ich hab ja noch Zeit ... schneller soll der Zug fahren, viel schneller ...«

Einige sind wach geworden und blinzeln mißmutig in das falsche Licht, das aus der Ebene kommt ...

»Ich hab Angst«, murmelt der Unrasierte noch in Andreas' Ohr, »Angst hab ich, Angst vor dem Tode, aber mehr Angst noch davor, zurückzufahren und zu ihr zu gehen ... deshalb will ich lieber sterben ... vielleicht schreib ich ihr ...«

Die Erwachten kämmen sich durch die Haare, zünden Zigaretten an und blicken verächtlich nach draußen, wo zwischen scheinbar unfruchtbaren Äckern dunkle Hütten stehen; menschenleer ist das Land ... da sind irgendwo Hügel ... alles grau ... polnischer Horizont ...

Der Unrasierte ist ganz still. Er ist fast ohne Leben. Er hat die ganze Nacht nicht schlafen können; er ist erloschen, und seine Augen sind wie blinde Spiegel, seine Wangen sind gelb und eingesunken, und das Unrasiertsein ist jetzt schon ein Bart, ein schwarzrötlicher unter dickem Stirnhaar.

»Das sind ja gerade die Vorteile der 3,7 Pak«, sagt eine sehr korrekte Stimme, »das sind ja gerade die Vorteile ... beweglich ... beweglich ...« – »Und klopft nur mal eben an«, lacht eine ebenso korrekte Stimme.

»Aber nein!« – »Ja, dafür hat ers Ritterkreuz bekommen ... und wir, wir haben nichts als die Hosen voll Scheiße gehabt ...«

»Sie sollten eben auf den Führer hören. Weg mit den Adligen. Von Kruseiten hieß er. So'n Name. Wollte verdammt besser wissen ...« Glücklich der Unrasierte, der jetzt schläft, wo das Geschwätz anfängt, und der wach sein kann, wenn alles still ist. Ich muß mich trösten, ich habe noch zwei Nächte, denkt Andreas ... zwei lange, lange Nächte, da möchte ich allein sein. Wenn sie wüßten, daß ich für die Juden in Czernowitz und Stanislau und Kolomea gebetet habe, sie würden mich sofort verhaften lassen oder ins Irrenhaus stecken ... 3,7 Pak.

Der Blonde reibt sich sehr lange die schmalen, gräßlich schummrigen Augen. Es ist etwas Grind in den Augenwinkeln, etwas Ekelhaftes, und doch bietet er Andreas Brot an, weißes Brot mit Marmelade. Und immer hat er noch Kaffee in der Flasche. Es ist gut, etwas zu essen; Andreas spürt, daß er wieder sehr hungrig ist. Es ist fast wie Gier, und er kann seine Augen, die den großen Brotlaib umfassen, nicht mehr zähmen. Dieses weiße Brot ist herrlich.

»Ja«, seufzt der Blonde, »das hat meine Mutter noch gebacken.« Später sitzt Andreas lange auf dem Klo und raucht. Das Klo ist der einzige Ort, wo man wirklich allein ist. Der einzige Ort auf der ganzen Welt, in der ganzen glorreichen Armee Hitlers. Es ist schön, da zu sitzen und zu rauchen, und er fühlt, daß die Trostlosigkeit wieder besiegt ist. Die Trostlosigkeit ist nur ein Spuk kurz nach dem Erwachen, hier ist er allein, und alles ist bei ihm. Wenn er nicht allein ist, ist nichts mehr bei ihm. Hier ist alles, Paul und die Augen des geliebten Mädchens ... der Blonde und der Unrasierte und der, der gesagt hat: Praktisch, praktisch haben wir den Krieg schon gewonnen, und der, der eben gesagt hat: Das sind die eminenten Vorteile der 3,7 Pak, sie sind alle bei ihm, und auch die Gebete sind lebendig, sehr nah und warm, und es ist schön, allein zu sein. Wenn man allein ist, ist man nicht mehr so einsam. Heute abend, denkt er, will ich wieder lange beten, heute abend in Lemberg. Lemberg ist das Sprungbrett ... zwischen Lemberg und Kolomea ... immer näher fährt der Zug ans Ziel, und die Räder, die durch Paris gefahren sind, Gare Montparnasse, vielleicht durch Le Havre oder Abbéville, diese Räder fahren bis nach Przemysl ... bis nahe heran an das Sprungbrett ...

Draußen ist es ganz hell, aber an diesem Tage scheint die Sonne nicht durchzukommen, irgendwo in den dicken grauen Wolkenmassen schwebt ein heller Fleck, der sanftes graues Licht durchrinnen macht und die Wälder beleuchtet, ferne Hügel ... Dörfer und die dunkelgekleideten Gestalten, die die Augen beschatten, um dem Zuge nachzusehen. Galizien ... Galizien ... Er bleibt so lange auf dem Klo, bis man ihn von außen durch heftiges Getrommel und wüstes Schimpfen heraustreibt.

Der Zug war pünktlich in Przemysl. Dort war es fast schön. Sie warten, bis alle den Zug verlassen haben, und wecken dann den Bärtigen. Der Bahnsteig ist schon ganz leer. Die Sonne ist durchgekommen und liegt prall auf staubigen Stein- und Sandhaufen. Der Bärtige weiß sofort Bescheid.

»Ja«, sagt er nur. Dann steht er auf und durchschneidet mit der Zange den Draht, so daß sie gleich aussteigen können. Andreas hat am wenigsten Gepäck, nur die Packtasche, die jetzt sehr leicht ist, wo die schweren Fliegerangriffsbutter- brote weggegessen sind. Ein Hemd und ein paar Socken und eine Mappe Schreibpapier und die Feldflasche, die immer leer ist, und der Stahlhelm. Das Gewehr hat er ja vergessen, es steht in Pauls Garderobe hinter dem Kleppermantel.

Der Blonde hat einen Luftwaffenrucksack und einen Kof- fer und der Bärtige zwei Kartons und einen Tornister. Die beiden haben auch Pistolen. Jetzt erst, wo sie in die Sonne treten, sehen sie, daß der Bärtige Unteroffizier ist. Seine mat- ten Litzen schimmern jetzt an dem grauen Kragen. Der Bahnsteig ist leer und traurig, und es sieht alles nach Güter- bahnhof aus. Rechts liegen Baracken, viele Baracken, Ent- lausungsbaracken, Küchenbaracken, Aufenthaltsbaracken, Schlafbaracken und sicher eine Bordellbaracke, wo alles ganz garantiert hygienisch ist. Nichts als Baracken, aber sie gehen nach links, sie gehen weit nach links, wo ein totes grasüber- wachsenes Gleis ist und eine von Gras überwachsene Rampe vor einer Fichte. Dort legen sie sich hin, und sie können in der Sonne hinter den Baracken die alten Türme von Przemysl am San sehen.

Der Bärtige setzt sich nicht. Er legt nur sein Gepäck ab und sagt: »Ich gehe die Verpflegung holen und erkundige mich, wann der Zug nach Lemberg geht, nicht wahr? Schlaft nur ein bißchen.« Er nimmt ihnen die Urlaubsscheine ab und verschwindet ganz langsam den Bahnsteig hinunter. Er geht wahnsinnig langsam, aufreibend langsam, und sie sehen, daß seine blaue Arbeitshose schmutzig ist, voll Flecken und mit kleinen Rissen wie von Stacheldraht; er geht sehr langsam, fast schwankend, und von weitem könnte man meinen, er sei von der Marine.

Es ist Mittag, sehr heiß, und der Schatten der Fichte ist schon mit Hitze durchsetzt, ein trockener Schatten ohne Milde. Der Blonde hat seine Decke ausgebreitet, und sie liegen mit den Köpfen auf dem Gepäck und blicken über die heißen dampfenden Dächer der vielen Baracken auf die Stadt. Irgendwo verschwindet der Bärtige zwischen zwei Baracken. Sein Gang ist so gleichgültig ...

Auf einem anderen Bahnsteig steht ein Zug, der nach Deutschland fährt. Die Lokomotive dampft schon, und die Soldaten blicken mit bloßen Köpfen aus den Fenstern hinaus. Warum steige ich nicht ein, denkt Andreas, das ist doch seltsam. Warum setze ich mich nicht in diesen Zug und fahre zurück an den Rhein? Warum kaufe ich mir nicht einen Urlaubsschein in diesem Land, wo man alles kaufen kann, und fahre nach Paris, Gare Montparnasse, und rolle die Straßen vor mir auf, eine nach der anderen, stöbere alle Häuser durch und suche, suche nach einer einzigen kleinen Zärtlichkeit von den Händen, die zu den Augen gehören müssen. Fünf Millionen, das ist ein Achtel, warum sollte sie nicht darunter sein ... warum fahre ich nicht nach Amiens an das Haus, wo die durchbrochene Backsteinmauer ist, und schieße mir eine Kugel vor den Kopf, an der Stelle, wo ihr Blick ganz nah und zärtlich, wirklich und tief in meiner Seele geruht hat, eine Viertelsekunde lang? Aber diese Gedanken sind so lahm wie seine Beine. Es ist herrlich, die Beine auszustrecken, die Beine werden lang und länger, und er meint, er müsse sie bis nach Przemysl hinein ausstrecken können.

Sie liegen da und rauchen, sind träge und müde, wie man nur vom Schlafen und Hocken in einem Waggon werden kann.

Die Sonne hat einen weiten Bogen gemacht, als Andreas erwacht. Der Bärtige ist immer noch nicht zurück. Der Blonde ist wach und raucht.

Der Zug nach Deutschland ist abgefahren, aber es steht

schon ein neuer Zug nach Deutschland da, und unten aus der großen Entlausungsbaracke kommen die grauen Gestalten mit ihren Paketen, ihren Tornistern, die Gewehre um den Hals gehängt, um nach Deutschland zu fahren. Einer fängt an zu laufen, dann laufen drei, dann zehn, und dann rennen sie alle, sie rennen sich um, rempeln sich die Pakete aus der Hand ... und die ganze graue trostlose und müde Schlange rennt, weil einer angefangen hat, Angst zu bekommen ...

»Wo hast du die Karte?« fragt der Blonde. Es ist das erste Wort, das sie seit langem miteinander wechseln.

Andreas zieht die Karte aus seiner Rocktasche, entfaltet sie und richtet sich auf; er breitet sie auf den Knien aus. Seine Augen blicken dahin, wo Galizien steht, aber der Finger des Blonden liegt viel weiter südlich und östlich, es ist ein langer, sehr feiner, mattbehaarter Finger, dem auch der Schmutz nichts von seiner Vornehmheit genommen hat.

»Da«, sagt der Blonde, »da muß ich hin. Noch zehn Tage habe ich zu fahren, wenn's gut geht.« Sein Finger mit dem flachen und immer noch glänzenden, blauschimmernden Nagel füllt die ganze Bucht aus zwischen Odessa und der Krim. Der Rand des Nagels liegt bei Nikolajew.

»Nikolajew?« fragt Andreas.

»Nein«, der Blonde zuckt zusammen und sein Nagel rutscht tiefer, und Andreas merkt, daß er auf die Karte gestarrt, aber nichts gesehen und an etwas anderes gedacht hat. »Nein«, sagt der Blonde. »Otschakow. Bei der Flak bin ich, vorher waren wir in Anapa, im Kuban, weißt du, aber da sind wir ja weg. Und nun Otschakow.«

Plötzlich blicken sich die beiden an. Zum ersten Male seit den achtundvierzig Stunden, die sie zusammengehockt haben, blicken sie sich an. Sie haben lange Karten miteinander gespielt, getrunken und gegessen und aneinandergelehnt geschlafen, aber jetzt erst blicken sie sich an. Es liegt eine seltsam ekelhafte, fast weißlichgraue, schleimige Haut über den Augen des Blonden. Es ist Andreas, als durchsteche er mit seinem Blick den schwachen ersten Schorf, der sich über einer eitrigen Wunde geschlossen hat. Jetzt begreift er plötzlich das abstoßende Fluidum, das von diesem Manne ausgeht, der einst gewiß schön war, als seine Augen noch klar gewesen sind, blond und schlank mit vornehmen Händen. Das ist es also, denkt Andreas.

»Ja«, sagt der Blonde still, »so ist es«, als habe er begriffen, was Andreas gedacht hat. Er spricht still weiter, unheimlich still. »So ist es. Er hat mich verführt, ein Wachtmeister. Ich bin vollkommen verdorben und verseucht, und an nichts in der Welt habe ich mehr Freude, auch nicht am Fressen, das scheint nur so, ich fresse automatisch, ich trinke automatisch, ich schlafe automatisch. Ich kann doch nichts dafür, sie haben mich ja verdorben«, er schreit plötzlich auf, dann wird er wieder still. »Sechs Wochen lang lagen wir in einer Stellung oben am Ssiwasch ... da war weit und breit kein Haus ... nicht einmal eine umgestürzte Mauer. Sümpfe, Wasser ... Weidengebüsch ... und die Russen flogen darüber, wenn sie die Maschinen angreifen wollten, die von Odessa nach der Krim flogen. Sechs Wochen lagen wir da. Man kann es nicht beschreiben. Wir waren nur ein Geschütz mit sechs Mann und der Wachtmeister. Keine Sau in der Nähe. Die Verpflegung brachten sie uns mit dem Auto an den Rand des Sumpfes, und da mußten wir sie holen und über unsere Knüppelstege in die Stellung tragen, immer gleich für vierzehn Tage, und eine Masse zu fressen. Das Fressen war unsere einzige Abwechslung, und Fische fangen und Mücken jagen ... die irrsinnigen Massen von Mücken, ich weiß nicht, wieso wir nicht verrückt geworden sind. Der Wachtmeister war wie ein Tier. Er spuckte nur so den ganzen Tag mit Schweinereien um sich, die ersten Tage, und er fraß gräßlich. Fleisch und Fett, kaum Brot. Ja«, ein furchtbarer Seufzer entwindet sich seiner Brust, »ein Mensch, der kein Brot ißt, der ist verloren, sag ich dir. Ja ...« Schreckliches Schweigen, während die Sonne über Przemysl golden und warm und schön steht.

»Mein Gott«, stöhnt er, »er hat uns verführt, was ist da noch zu sagen? Wir waren alle so ... bis auf einen. Der wollte nicht. Das war ein Alter, der war verheiratet und hatte Kinder; abends hatte er uns oft weinend die Bilder von seinen Kindern gezeigt . . . vorher. Der wollte nicht, er hat um sich geschlagen, hat gedroht . . . er war stärker als wir alle fünf zusammen; und eines Nachts, als er allein auf Posten stand, hat ihn der Wachtmeister erschossen. Er ist rausgeschlichen und hat ihn niedergeknallt – von hinten. Mit seiner eigenen Pistole; dann hat er uns rausgeschmissen aus den Betten, und wir mußten ihm helfen, die Leiche in den Sumpf zu schmeißen. Leichen sind schwer . . . Mensch, Menschenleichen sind entsetzlich schwer. Leichen sind schwerer als die ganze Welt; wir sechs konnten ihn kaum tragen, es war dunkel und es regnete und ich dachte: das ist die Hölle. Und der Wachtmeister hat eine Meldung gemacht, daß der Alte gemeutert und ihn mit der Waffe bedroht hat, und er hat die Pistole von dem Alten als Beweisstück mitgebracht, da fehlte doch eine Patrone. Und sie haben seiner Frau einen Brief geschickt, daß er gefallen ist für Großdeutschland in den Ssiwasch-Sümpfen . . . ja; und acht Tage danach kam das erste Verpflegungsauto und brachte ein Telegramm für mich, daß unsere Fabrik kaputt war, und ich sollte in Urlaub fahren; und ich bin gar nicht mehr zurück in die Stellung, einfach weg!« eine wilde Freude ist in seiner Stimme, »weg war ich! Er wird getobt haben! Und sie haben mich auf der Schreibstube erst als Zeugen vernommen wegen des Alten, und ich habe genauso gesagt, wie der Wachtmeister gemeldet hatte. Und dann weg . . . weg! Von der Batterie zur Abteilung nach Otschakow, dann Odessa und weg . . .« Furchtbares Schweigen, während die Sonne immer noch schön ist, warm und sanft; Andreas fühlt einen grauenhaften Ekel. Das ist das Schlimmste, denkt er, das ist das Schlimmste . . .

»Keine Freude hab ich mehr gehabt und keine kann ich mehr finden. Ich habe Angst, eine Frau anzusehen. Hingedämmert und geheult habe ich zu Hause die ganze Zeit wie ein schwachsinniges Kind, und meine Mutter hat gedacht, ich hätte eine furchtbare Krankheit. Aber ich hab's ihr doch nicht sagen können, das kann man keinem Menschen sagen . . . «

Wie wahnsinnig, daß die Sonne so scheint, denkt Andreas, und ein schrecklicher Ekel sitzt ihm wie Gift im Blut. Er versucht die Hand des Blonden zu ergreifen, aber der fährt entsetzt zurück. »Nicht«, schreit er, »nein!« Er wälzt sich auf dem Bauch, verbirgt den Kopf unter den Händen und schluchzt, schluchzt. Es ist ein Schluchzen, als müsse die Erde bersten und sich öffnen, und über diesem Schluchzen lächelt der Himmel, über den Baracken, über den vielen Baracken und über den Türmen von Przemysl am San . . .

»Sterben«, schluchzt der Blonde, »nichts als sterben. Ich will sterben, dann ist Schluß. Sterben . . . « Seine Worte ersticken in einem Würgen, und Andreas hört jetzt, daß er Tränen weint, richtige nasse Tränen.

Andreas sieht nichts mehr. Eine Walze aus Blut und Dreck und Schleim hat sich über ihn gewälzt, er hat gebetet, verzweifelt gebetet, so wie ein Ertrinkender schreit, der einsam draußen auf einem See treibt und kein Ufer und keinen Retter sieht . . .

Das ist schön, denkt er, weinen ist schön . . . weinen ist gut . . . weinen, weinen, welcher unglückliche Mensch hat nie geweint? Auch ich müßte weinen, das ist es. Der Bärtige hat geweint, und der Blonde weint, und ich, ich habe dreiundeinhalb Jahre nicht mehr geweint, keine Träne geweint, seitdem ich den Berg hinunter auf Amiens zu wieder zurückging und zu faul war, die drei Minuten weiter zu gehen, bis an den Acker, wo ich verwundet worden war.

Auch der zweite Zug ist abgefahren, der Bahnhof ist jetzt leer. Seltsam, denkt Andreas, selbst wenn ich möchte, könnte ich jetzt nicht mehr zurückfahren. Unmöglich könnte ich diese beiden allein lassen. Und ich möchte auch nicht zurück, nie mehr zurück . . . .

Der Bahnhof mit seinen verschiedenen Gleisen ist jetzt ganz leer. Es flimmert zwischen den Schienensträngen, und irgendwo hinten am Eingang arbeitet eine Gruppe von

Polen, die Schotter aufschütten, und über den Bahnsteig kommt jetzt eine merkwürdige Gestalt, die die Hose des Unrasierten anhat. Schon von weitem sieht man, daß das nicht mehr der bärtige, wilde, verzweifelte Bursche ist, der im Zug gehockt und vor Kummer Schnaps getrunken hat. Das ist ein anderer Mensch, nur die Hose ist noch die des Unrasierten. Sein Gesicht ist ganz glatt und rosig, und die Mütze sitzt ein wenig schief, und in den Augen, als er näher kommt, ist etwas richtig Unteroffiziersmäßiges, ein Gemisch aus Kälte, Spott, Zynismus und Militarismus. Diese Augen scheinen ausgeträumt zu haben, der Unrasierte ist rasiert, gewaschen und gekämmt, seine Hände sind sauber, und es ist gut, zu wissen, daß er Willi heißt, denn man kann jetzt an ihn nicht mehr als an den Unrasierten denken, man muß an Willi denken. Immer noch liegt der Blonde mit dem Gesicht über den verschränkten Armen da auf seiner Decke, und seinem schweren Atem ist nicht anzuhören, ob er schläft, stöhnt oder weint.

»Schläft er?« fragt Willi.

»Ja.« Willi packt aus und legt alles fein säuberlich auf zwei Haufen. »Für drei Tage«, sagt er. Das ist für jeden ein ganzes Brot, ein großes Stück Kochwurst, deren Umwickelpapier naß geworden ist von dem Saft, der heraustropft. Das ist für jeden etwas weniger als ein halbes Pfund Butter und achtzehn Zigaretten und drei Rollen Drops.

»Du hast nichts?« fragt Andreas.

Willi blickt ihn erstaunt, fast beleidigt an. »Ich hab doch für sechzehn Tage meine Marken.« Es ist seltsam, daß das alles kein Traum ist, was Willi erzählt hat in der Nacht. Es ist Wahrheit, es ist derselbe Mensch, der da vor ihm steht, glatt rasiert und mit ruhigen, nur ein wenig schmerzlichen Augen, der jetzt sehr vorsichtig, damit die Bügelfalte nicht zerstört wird, im Schatten der Fichte seine schwarze Panzerhose anzieht. Eine nagelneue Hose, die ihm vorzüglich steht. Er sieht jetzt vollkommen wie ein Unteroffizier aus.

»Hier ist auch Bier«, sagt Willi. Er packt drei Flaschen Bier aus, sie setzen Willis Karton zwischen sich als Tisch und be-

ginnen zu essen. Der Blonde rührt sich nicht, er liegt da auf
dem Gesicht, wie manche Gefallenen liegen. Willi hat polnischen Speck, Weizenbrot und Zwiebeln. Das Bier ist vorzüglich, es ist sogar kühl.

»Diese polnischen Friseure«, sagt Willi, »fabelhaft. Für
sechs Mark, alles zusammen, bist du ein anderer Mensch, sogar die Haare gewaschen. Einfach fabelhaft, und wie die
Haare schneiden können!« Er nimmt seine Schirmmütze ab
und zeigt auf den gut modellierten Hinterkopf. »Das nenne
ich Haarschneiden.« Andreas blickt ihn immer noch erstaunt
an. Willis Augen haben jetzt etwas Sentimentales, etwas Un-
teroffizierssentimentales. Es ist gemütlich, so wie an einem
richtigen Tisch zu essen, fernab von den Baracken.

»Ihr«, sagt Willi kauend und wohlgefällig trinkend, »ihr
solltet euch auch waschen gehen oder waschen lassen, man
ist ein anderer Mensch. Alles weg, der ganze Dreck weg. Und
erst rasieren! Du könntest es gebrauchen.« Er blickt auf Andreas' Kinn. »Du könntest es wahrhaftig gebrauchen. Mensch,
das ist fabelhaft, man ist nicht mehr müde, man . . . man . . .«,
er sucht nach einem passenden Wort, »man ist einfach ein
anderer Mensch. Es ist noch Zeit, noch zwei Stunden, bis
unser Zug fährt. Heute abend sind wir in Lemberg. Von Lemberg fahren wir mit dem zivilen D-Zug, dem Kurierzug, der
von Warschau nach Bukarest durchfährt. Ein fabelhafter
Zug, ich fahre immer damit, man muß nur einen Stempel
haben, und den Stempel kriegen wir«, er lacht laut, »den
Stempel kriegen wir, aber ich verrate euch nicht wie . . .«

Wir werden doch nicht vierundzwanzig Stunden brauchen
von Lemberg bis an jenen Punkt, wo es geschieht, denkt
Andreas. Irgendwas stimmt da nicht. Wir werden nicht morgen früh um fünf schon wieder von Lemberg fahren. Die
Butterbrote schmecken fabelhaft. Er schmiert die Butter dick
aufs Brot und ißt die saftige Wurst in dicken Würfeln dazu.
Das ist sehr seltsam, denkt er, das ist die Butter für Sonntag
und vielleicht schon ein Teil der Butter für Montag, ich esse
Butter, die mir gar nicht mehr zusteht. Auch die Butter für

Sonntag steht mir nicht mehr zu. Die Verpflegung rechnet von Mittag zu Mittag, und für Sonntag mittag steht mir keine Butter mehr zu. Vielleicht werden sie mich vors Kriegsgericht stellen ... sie werden meine Leiche einem Kriegsgerichtsrat aufs Pult legen und werden sagen: er hat die Butter für Sonntag gegessen und sogar einen Teil der Butter für Montag, er hat die glorreiche deutsche Wehrmacht bestohlen. Er hat gewußt, daß er sterben wird, und hat doch die Butter noch gegessen und das Brot und die Wurst und die Drops und die Zigaretten geraucht, das können wir nirgendwo buchen. Nirgendwo wird Verpflegung für die Toten gebucht. Wir sind ja schließlich keine Heiden, die den Toten Verpflegung mit ins Grab geben. Wir sind positive Christen, und er hat die positiv christliche, großdeutsche, glorreiche Wehrmacht bestohlen. Wir müssen ihn verurteilen ...

»In Lemberg«, lacht Willi, »in Lemberg werde ich schon den Stempel kriegen. In Lemberg kann man alles kriegen, ich weiß da Bescheid.«

Andreas brauchte nur ein Wort zu sagen, zu fragen, und er würde erfahren, wie und wo man in Lemberg den Stempel kriegt. Willi brennt geradezu darauf, es zu erzählen. Aber Andreas möchte es nicht erfahren. Es ist ihm recht, wenn sie den Stempel kriegen. Der zivile D-Zug ist ihm sehr recht. Es ist wunderbar, in einem zivilen Zug zu fahren. Da sind nicht nur Soldaten, nicht nur Männer. Es ist furchtbar, immer nur unter Männern zu sein, die Männer sind so weibisch. Da aber werden Frauen sein ... Polinnen ... Rumäninnen ... Deutsche ... Spioninnen ... Diplomatenfrauen. Es ist sehr schön, in einem Zug mit Frauen zu fahren ... bis ... bis ... dahin, wo ich sterben werde. Was wird geschehen? Partisanen? Es gibt überall Partisanen, aber warum sollen die Partisanen einen Zug mit Zivilisten überfallen? Es gibt Urlauberzüge genug, in denen ganze Regimenter von Soldaten sind, mit Waffen, Gepäck, Verpflegung, Kleidung, Geld und Munition.

Willi ist enttäuscht, daß Andreas nicht fragt, wo er in Lemberg den Stempel herkriegen wird. Er möchte so gerne von Lemberg erzählen. »Lemberg«, ruft er aus und lacht. Und da Andreas noch immer nicht fragt, fängt er einfach an: »In Lemberg, weißt du, haben wir nämlich immer die Autos verscheuert.«

»Immer?« Andreas horcht auf. »Immer verscheuert?«

»Ich meine, wenn wir eins zu verscheuern hatten. Wir sind ja Reparaturwerkstatt, und da bleibt so manches Wrack übrig, so manches Wrack, was gar kein Wrack ist. Man braucht nur zu sagen, das ist Schrott. Gut. Und der Oberintendant muß ja sämtliche Augen zudrücken, weil er doch immer mit der Czernowitzer Jüdin gepennt hat. Es ist aber gar kein Schrott, das Auto, verstehst du? Man kann aus zweien oder dreien ein fabelhaftes Auto machen, die Russen können das fabelhaft.

Und in Lemberg geben sie vierzigtausend blanke Eier dafür. Geteilt durch vier. Ich und die drei Mann aus meiner Kolonne. Es ist natürlich lebensgefährlich, man muß schon was riskieren.« Er seufzt schwer. »Man schwitzt Blut dabei, das ist klar. Man weiß nie, ob der, mit dem man verhandelt, nicht von der Gestapo ist, das weiß man nie, bis zum Schluß nicht. Vierzehn Tage schwitzt man schon Blut dabei. Wenn in vierzehn Tagen keine Meldung da ist oder keiner verhaftet von denen, die dabei waren, dann hat man mal wieder gewonnen. Vierzigtausend blanke Eier.« Er trinkt wohlgefällig Bier. »Wenn ich daran denke, was da jetzt alles im Schlamm um Nikopol herum liegenbleibt. Millionen, sag ich dir, einfach Millionen! Und keine Sau hat was davon, nur die Russen. Weißt du«, er fängt genießerisch an zu rauchen, »auch zwischendurch konnte man schon mal was verscheuern, was weniger gefährlich war. Mal ein wertvolles Ersatzteil, mal 'nen Motor oder Reifen. Auch Kleider. Sie sind wahnsinnig scharf auf Kleider. Mäntel ... das sind fast tausend Mark, ein guter Mantel. Zu Hause, weißt du, hab ich mir ein kleines Häuschen gebaut, ein nettes kleines Häuschen mit einer Werkstatt ... zu ... zu, wie?« fragt er plötzlich. Aber Andreas hat nichts gesagt, er blickt ihn schnell an und sieht, daß sein Auge finster ist, seine Stirn gefurcht, und daß er hastig den Rest seines Bieres austrinkt. Das alte Gesicht ist auch ohne Bart wieder da ... die Sonne ist immer noch golden über den Türmen von Przemysl am San, und der Blonde regt sich. Man sieht, daß er nur so getan hat, als ob er schliefe. Er spielt den Erwachenden. Er räkelt sich sehr lange, dreht sich um und schlägt die Augen auf, aber er weiß nicht, daß die Tränenspuren in seinem schmutzigen Gesicht gut zu lesen sind. Es sind richtige Rillen, Rillen in dem Dreck wie bei einem ganz kleinen Mädchen, dem man auf dem Spielplatz das Butterbrot geklaut hat. Er weiß es nicht, vielleicht weiß er überhaupt nicht mehr, daß er geweint hat. Seine Augen sind rot an den Rändern und sehen häßlich aus; man könnte meinen, daß er wirklich geschlechtskrank ist ...

»Au«, sagt er gähnend, »fein, daß es was zu fressen gibt.« Sein Bier ist ein bißchen lau geworden, aber er trinkt es durstig und schnell und beginnt zu essen, während die beiden anderen rauchen und sehr langsam und ohne Hast Wodka trinken, wasserklaren wunderbaren Wodka, den Willi ausgepackt hat.

»Ja«, lacht Willi, aber er bricht so plötzlich ab, daß die beiden anderen ihn erschreckt ansehen, Willi wird rot, blickt zur Erde und nimmt einen großen Schluck Wodka.

»Was«, fragt Andreas ruhig, »was wolltest du sagen?«

Willi spricht sehr leise. »Ich wollte sagen, daß ich jetzt unsere Hypothek versaufe, buchstäblich unsere Hypothek. Auf dem Haus, das meine Frau mitgebracht hat, war nämlich noch 'ne Hypothek, eine kleine von vier Mille, und die wollte ich jetzt abtragen ... aber los, trinken wir, Prost!«

Auch der Blonde hat keine Lust, irgendwo in die Stadt zu gehen zu einem Friseur oder in den Waschraum da unten in einer Baracke. Sie nehmen ihre Handtücher und die Seife unter den Arm und gehen ab.

»Auch die Stiefel fein geputzt, Kinder!« ruft Willi ihnen nach. Er hat tatsächlich blankgewichste Stiefel.

Da ist irgendwo am Ende eines Gleises eine große Wasser-pumpe für die Lokomotiven, die stetig und leise tropft, ein dünner regelmäßiger Faden Wasser fließt draus hervor, und ringsum im Sand ist eine Pfütze. Es ist wirklich schön, sich zu waschen. Wenn nur die Seife richtig schäumen wollte. Andreas nimmt seine Rasierseife. Ich brauche sie nicht mehr, denkt er. Sie ist zwar für drei Monate, und vor vier Wochen erst habe ich sie »empfangen«, aber ich brauche sie nicht mehr, und was übrigbleibt, ist für die Partisanen. Auch die Partisanen brauchen Seife, die Polen rasieren sich so gern. Rasieren und Schuheputzen sind ihre Spezialitäten. Aber als sie anfangen wollen, sich zu rasieren, sehen sie oben Willi rufen und winken, und seine Bewegungen sind so eindrucks-voll und wirklich dramatisch, daß sie alles zusammenpacken und sich im Zurücklaufen abtrocknen.

»Kinder«, schreit Willi, »da ist ein verspäteter Fronturlau-ber nach Kowel, läuft eben ein, da sind wir in vier Stunden in Lemberg, in Lemberg laßt ihr euch rasieren ...« Sie ziehen Röcke und Mäntel wieder an, setzen die Mützen auf, gehen mit ihrem Gepäck auf den Bahnsteig, wo der verspätete Fronturlauber nach Kowel steht. In Przemysl steigen nicht viele aus, aber Willi entdeckt ein Abteil, dem eine ganze Gruppe Panzersoldaten entsteigt, junge, neueingekleidete Jungens, die eine Wolke von Kammergeruch verbreiten. Da ist ein ganzer Flur leer geworden, und sie steigen schnell ein, ehe die, die drin geblieben sind, sich mit ihrem Gepäck haben ausbreiten können.

»Vier Uhr«, ruft Willi triumphierend, »da sind wir aller-spätestens um zehn in Lemberg. Prima. Pünktlicher hätte er sich nicht verspäten können, dieser Prachtzug. Eine ganze Nacht für uns, eine ganze Nacht!«

Sie haben sich schnell eingerichtet, so, daß sie sich wenig-stens mit dem Rücken anlehnen können.

Andreas trocknet sich im Sitzen erst richtig die Ohren ab, die noch naß sind, packt seine Tasche aus und ordnet das schnell hineingestopfte Gepäck neu. Da ist jetzt ein schmut-

ziges Hemd, eine schmutzige Unterhose und ein Paar saubere
Socken, ein Rest Wurst, ein Rest Butter in der Dose. Die
Wurst für Montag und die Butter für den halben Montag und
die Drops für Sonntag und Montag und Zigaretten, die ihm
sogar noch zustehen, und Brot sogar noch von Sonntag mittag; und das Gebetbuch, das Gebetbuch hat er den ganzen
Krieg mitgeschleppt und nie gebraucht. Er hat immer so gebetet, aber er könnte keine Reise antreten ohne es. Es ist seltsam, denkt er, alles ist seltsam, und er steckt sich eine Zigarette an, die ihm sogar noch zusteht, eine Zigarette für Samstag, für die Verpflegungsperiode von Freitagmittag bis
Samstagmittag ...

Der Blonde spielt, und sie rauchen alle beide schweigend,
während der Zug abfährt. Der Blonde spielt jetzt richtig, er
scheint zu phantasieren, es sind keine richtigen, bekannten
Melodien, seltsam weiche, erregende, völlig formlose Gebilde, die an Sumpf denken lassen.

Ja, denkt Andreas, Ssiwasch-Sümpfe, was mögen die da
jetzt machen an ihrem Geschütz? Er schaudert. Vielleicht
haben sie sich gegenseitig umgebracht, vielleicht haben sie
den Wachtmeister kaltgemacht, vielleicht sind sie abgelöst.
Hoffentlich sind sie abgelöst. Diese Nacht werde ich für die
an dem Geschütz in den Ssiwasch-Sümpfen beten, auch für
den, der für Großdeutschland gefallen ist, weil er nicht, weil
er nicht ... so werden wollte; das ist wahrhaft ein Heldentod. Sein Gebein liegt irgendwo in einem Sumpf da oben in
der Krim, kein Mensch kennt sein Grab, kein Mensch wird
ihn ausgraben und ihn auf einen Heldenfriedhof bringen,
kein Mensch wird mehr daran denken, und eines Tages wird
er auferstehen, da oben aus den Ssiwasch-Sümpfen, Vater
zweier Kinder, dessen Frau in Deutschland wohnt, und der
der Ortsgruppenleiter mit furchtbar traurigem Gesicht den
Brief gebracht hat, in Bremen oder in Köln, oder in Leverkusen, vielleicht wohnt seine Frau in Leverkusen. Er wird
auferstehen von oben weit her aus den Ssiwasch-Sümpfen,
und es wird an den Tag kommen, daß er gar nicht für Groß-

deutschland gefallen ist, auch nicht, weil er gemeutert und den Wachtmeister angegriffen hat, sondern weil er nicht so werden wollte.

Sie schrecken beide auf, als der Blonde das Spiel ganz plötzlich unterbricht; sie waren eingefangen, regelrecht umsponnen von diesen weichen sanften schleierhaften Melodien, und nun ist das Gespinst plötzlich zerrissen. »Da«, sagt der Blonde, und er zeigt auf den Arm eines Soldaten, der am Fenster steht und Pfeife raucht, »das haben wir gemacht, zu Hause. Komisch, man sieht so wenige, dabei haben wir Tausende gemacht.« Sie begreifen nicht, was er meint. Der Blonde blickt verwirrt und errötend in ihre fragenden Augen. (Krimschilder), sagt er fast ärgerlich. »Krimschilder haben wir viel gemacht. Jetzt machen sie Kubanschilder, die kommen bald raus. Auch Panzerabschußzeichen haben wir gemacht, und damals die Sudetenorden mit der kleinen winzigen Plakette, wo der Hradschin drauf war. Achtunddreißig.« Sie blicken ihn immer noch an, als spreche er hebräisch, immer noch fragend, und er errötet noch mehr.

»Mensch«, schreit er jetzt fast, »wir hatten doch eine Fabrik zu Hause!«

»Ach so«, machen die beiden.

»Ja, eine vaterländische Fahnenfabrik.«

»Fahnenfabrik?« fragte Willi.

»Ja, man nennt das so, wir haben natürlich auch Fahnen gemacht. Waggonweise Fahnen, sag ich euch, damals ... na ... ich glaube dreiunddreißig. Klar, da muß es gewesen sein. Aber hauptsächlich machten wir Orden und Plaketten und Abzeichen für Vereine, wißt ihr, so Plaketten, wo drauf steht: Dem Klubsieger von neunzehnhundertvierunddreißig oder so. Und Abzeichen von Sportvereinen und Hakenkreuznadeln und so kleine Fähnchen aus Blech, die man sich anstecken kann. Blau-Weiß-Rot, oder französische quergestreifte Blau-Weiß-Rot. Wir haben viel ausgeführt. Aber seit Krieg ist, haben wir nur noch für uns gemacht. Auch Verwundetenabzeichen, massenhaft Verwundetenabzeichen.

Schwarze, silberne und goldene. Aber schwarze, schwarze massenhaft. Wir haben viel Geld verdient. Auch alte Orden vom Weltkrieg haben wir gemacht und Frontkämpfernadeln, massenhaft Frontkämpfernadeln, und die kleinen Spangen, die man auf Zivilanzügen trägt. Ja...«, er seufzt, bricht plötzlich ab, blickt noch einmal auf das Krimschild des Soldaten, der im Fenster liegt und noch immer Pfeife raucht, und dann fängt er wieder an zu spielen. Leise, leise beginnt es zu dämmern ... und der Dämmer kommt dann plötzlich übergangslos, quillt stärker und dunkler, und es ist schnell Abend, und man spürt, daß die kühle Nacht vor der Schwelle steht. Der Blonde spielt seine sumpfigen Melodien, die in sie hineinträumen wie Narkotika ... Ssiwasch, denkt Andreas, ich muß für die Leute an den Geschützen in den Ssiwasch-Sümpfen beten, ehe ich einschlafe. Er merkt, daß er wieder einzuschlafen beginnt, die vorletzte Nacht. Er betet ... betet ... aber die Worte verwirren sich, alles schwimmt durcheinander ... Willis Frau mit dem roten Pyjama ... die Augen ... der französische Kleinbürger ... der Blonde und der, der gesagt hat: Praktisch, praktisch haben wir den Krieg schon gewonnen...

Diesmal wacht er auf, weil der Zug lange hält. An den Stationen ist das etwas anderes, da gähnt man nur einmal hoch und man spürt die Ungeduld in den Rädern, und man weiß, daß es bald weitergeht. Aber jetzt hält der Zug so lange, daß die Räder festgefroren scheinen. Der Zug steht. Nicht auf einer Station, auf einem Nebengleis. Andreas tastet sich verwirrt hoch und sieht, daß alle sich an den Fenstern drängen. Er kommt sich verlassen vor, so allein in dem dunklen Flur, vor allem, weil er Willi und den Blonden nicht gleich erkennt. Die beiden müssen ganz vorne an den Fenstern stehen. Es ist dunkel draußen und kalt, und er denkt, daß es mindestens ein oder zwei Uhr ist. Er hört, daß draußen Waggons vorbeirollen, und er hört, daß die Soldaten in den Zügen Lieder singen ... ihre alten, blöden, stumpfsinnigen Lieder, die so tief in ihren Eingeweiden sitzen, daß sie dort eingegraben sind wie eine Melodie in eine Grammophonplatte, und wenn sie den Mund aufmachen, dann singen sie, singen sie diese Lieder: Heidemarie und Wildbretschütz... Auch er hat sie manchmal gesungen, ohne zu wissen und zu wollen, diese Lieder, die man einfach hineingesenkt hat, eingegraben, eingedrillt, um ihre Gedanken zu töten. Diese Lieder schreien sie jetzt in die dunkle, finstere, traurige polnische Nacht hinaus, und es scheint Andreas, als müsse er fern, fern irgendwo ein Echo hören, hinter dem finsteren unsichtbaren Horizont, ein spöttisches kleines und sehr scharfes Echo... Wildbretschütz... Wildbretschütz... Heidemarie. Viele Waggons müssen das sein, dann ist nichts mehr, und alle kommen von den Fenstern auf ihre Plätze zurück. Auch Willi und der Blonde.

»SS«, sagt Willi, »die werden bei Tscherkassy reingeschmissen. Da ist wieder ein Kessel oder so was. Kesselflicker!«

»Die werden es schon schmeißen«, sagt eine Stimme...

Willi sitzt wieder neben Andreas und sagt, daß es zwei Uhr sei. »Das ist Scheiße, da kriegen wir den Zug nicht mehr in Lemberg, wenn wir nicht gleich weiterfahren. Zwei Stunden sind's schon noch. Da müssen wir Sonntag morgen fahren...«

»Aber wir werden ja gleich weiterfahren«, sagt der Blonde, der wieder am Fenster steht.

»Möglich«, sagt Willi, »aber wir haben dann keine Zeit mehr in Lemberg. Eine halbe Stunde ist Scheiße für Lemberg. Lemberg!« Er lacht.

»Ich?« hören sie plötzlich den Blonden rufen.

»Ja, Sie!« schreit draußen eine Stimme. »Machen Sie sich fertig und treten Sie Ihren Posten an.« Der Blonde kommt ärgerlich brummend zurück, und draußen steht jemand mit einem Stahlhelm auf dem Kopf auf dem Trittbrett und steckt sein Gesicht rein ins Abteilfenster. Es ist ein schwerer, dicker Schädel, und sie sehen dunkle Augen und eine amtliche Stirn, denn der Blonde macht ein Streichholz an, um Koppel und Stahlhelm zu suchen.

»Ist hier ein Unteroffiziersgrad drin?« schreit die Stimme unter dem Stahlhelm. Es ist eine Stimme, die nur schreien kann. Niemand meldet sich. »Ob hier ein Unteroffiziersgrad drin ist?«

Niemand meldet sich. Willi stößt Andreas spöttisch mit dem Ellenbogen an.

»Zwingen Sie mich nicht, nachzusehen; wenn ich einen Unteroffizier finde, dem geht's schlecht.«

Noch eine Sekunde lang meldet sich niemand, dabei hat Andreas gesehen, daß es von Unteroffizieren wimmelt. Plötzlich sagt ganz nah neben Andreas jemand: »Hier!«

»Sie haben wohl gepennt?« schreit die Stimme unter dem Stahlhelm.

»Jawohl«, sagt die Stimme, und Andreas erkennt jetzt den mit dem Krimschild.

Einige lachen.

»Wie heißen Sie?« schreit die Stimme unter dem Stahlhelm.

»Feldwebel Schneider.«

»Sie sind jetzt Waggonältester für die Zeit, die wir hier stehen, verstehen Sie?«

»Jawohl!«

»Gut, dieser Mann hier ...«, er deutet auf den Blonden, »wie heißen Sie?«

»Gefreiter Siebental.«

»Also der Gefreite Siebental macht jetzt Wache vor dem Waggon bis vier Uhr. Sollten wir dann noch hier stehen, lassen Sie ihn ablösen. Außerdem stellen Sie einen Posten vor die andere Waggonseite und lassen den gegebenenfalls auch ablösen. Partisanengefahr.«

»Jawohl!«

Das Gesicht unter dem Stahlhelm verschwindet und murmelt vor sich hin: »Feldwebel Schneider.«

Andreas zittert. Nur nicht Posten stehen, denkt er. Ich sitze ganz nah neben ihm, und er wird mich beim Ärmel packen und mich auf Posten stecken. Feldwebel Schneider hat seine Taschenlampe angeknipst und leuchtet vorn in den

Flur hinein. Er leuchtet erst auf die Kragen der Liegenden, die so tun, als ob sie schliefen, dann zieht er irgendeinen hoch, am Kragen, und sagt lachend: »Komm, stell dich mit der Knarre draußen hin, ich kann nichts dafür.«

Der Aufgeschnappte macht sich fluchend fertig. Wenn sie nur nicht rauskriegen, daß ich kein Gewehr habe, überhaupt keine Waffe, daß mein Gewehr in Pauls Garderobe hinter dem Kleppermantel steht. Was soll Paul überhaupt mit dem Gewehr machen? Ein Kaplan mit einem Gewehr, das ist ein Fressen für die Gestapo. Er kann's ja nicht melden, weil er dann meinen Namen nennen muß und weil er sich denkt, daß sie dann vielleicht an meine Truppe schreiben. Es ist furchtbar, daß ich Paul auch noch das Gewehr zurücklassen mußte . . .

»Mensch, es dauert ja nur solange, bis wir weiterfahren«, sagt der Feldwebel zu dem fluchenden Soldaten, der sich zur Tür tastet und sie aufreißt. Es ist merkwürdig, daß der Zug nicht weiterfährt, es vergeht eine Viertelstunde, sie können vor Unruhe nicht schlafen. Vielleicht sind wirklich Partisanen in der Nähe, und es ist scheußlich, in einem Zug überfallen zu werden. Vielleicht ist es in der nächsten Nacht ähnlich. Seltsam . . . seltsam. Vielleicht ist es dann ähnlich zwischen Lemberg und . . . nein, nicht einmal Kolomea. Noch vierundzwanzig Stunden, vierundzwanzig oder höchstens sechsundzwanzig Stunden. Es ist schon Samstag, es ist tatsächlich Samstag. Ich bin wahnsinnig leichtsinnig gewesen . . . seit Mittwoch weiß ich . . . und ich habe nichts getan, ich weiß es ganz bestimmt und habe kaum mehr gebetet als sonst auch. Ich habe Karten gespielt, ich habe Schnaps getrunken, ich habe mit ausgezeichnetem Appetit gegessen, und ich habe geschlafen. Ich habe viel zuviel geschlafen, und die Zeit ist gesprungen, immer springt die Zeit, und jetzt sitze ich schon vierundzwanzig Stunden davor. Nichts habe ich getan: Wenn man weiß, daß man stirbt, da hat man doch allerlei zu regeln, zu bereuen und zu beten, viel zu beten, und ich habe kaum mehr gebetet als sonst. Und ich weiß es doch ganz genau.

Ich weiß es genau. Samstag morgen. Sonntag morgen. Buchstäblich noch ein Tag. Ich muß beten, beten . . .

»Gib mir doch mal 'nen Schluck, es ist saumäßig kalt.« Der Blonde steckt seinen Kopf ins Abteilfenster, und unter dem Stahlhelm sieht sein degenerierter Windhundschädel schrecklich aus. Willi hält ihm die Pulle an den Hals und läßt ihn lange schlucken. Er hält auch Andreas die Flasche hin.

»Nein«, sagt Andreas.

»Da kommt ein Zug.« Es ist wieder die Stimme des Blonden. Alle stürzen zum Fenster. Es ist eine halbe Stunde hinter dem einen Zug, und wieder einer, wieder ein Truppentransport, und wieder Lieder, wieder Wildbretschütz . . . Wildbretschütz und Heidemarie in dieser dunklen traurigen polnischen Nacht . . . Wildbretschütz. Lange dauert das, ehe so ein ganzer Zug vorbei ist . . . mit Troß und Küchenwagen und den Waggons für die Soldaten, und dauernd Wildbretschütz und »und heute gehört uns Deutschland und morgen die ganze Welt . . . ganze Welt . . . ganze Welt . . .«

»Wieder SS«, sagt Willi, »und alles nach Tscherkassy. Da scheint die Scheiße auch zusammenzubrechen.« Er sagt das leise, denn neben ihm wird eifrig und optimistisch davon gesprochen, daß sie es schon schmeißen werden.

Ganz leise klingen die Wildbretschützen ab in der Nacht. Man hört das Lied verdämmern in der Richtung auf Lemberg zu, wie ein leises, sehr sanftes Wimmern, und dann ist wieder die dunkle traurige polnische Nacht . . .

»Wenn nur nicht siebzehn von diesen Zügen kommen«, murmelt Willi. Er bietet Andreas wieder die Pulle an, aber der lehnt wieder ab. Jetzt ist es endlich Zeit, denkt er, daß ich bete. Die vorletzte Nacht meines Lebens will ich nicht verpennen, nicht verdösen, nicht mit Schnaps besudeln und nicht versäumen. Ich muß jetzt beten und vor allen Dingen bereuen. Man hat soviel zu bereuen, auch in einem so unglücklichen Leben wie dem meinen gibt es eine Menge zu bereuen. Damals in Frankreich, da hab ich bei glühender Hitze eine

ganze Flasche Cherry Brandy getrunken, wie ein Tier, fiel um
wie ein Tier und wäre fast gestorben. Eine ganze Pulle Cherry
Brandy bei fünfunddreißig Grad im Schatten auf der baum-
losen Straße eines französischen Nestes. Weil ich ganz krank
war vor Durst und nichts anderes zu trinken da. Das war
scheußlich, und ich bin acht Tage nicht die Kopfschmerzen
losgeworden. Und ich habe mit Paul Krach gehabt und habe
ihn immer einen Pfaffen geschimpft, immer hab ich auf die
Pfaffen geschimpft. Es ist schrecklich, wenn man sterben
muß, daran zu denken, daß man jemand beschimpft hat.
Auch die Pauker in der Schule habe ich beschimpft, und
auf die Cicerobüste habe ich Scheiße geschrieben; das war
töricht, ich war noch jung, aber ich habe gewußt, daß es
schlecht war und blöde, und ich habe es doch getan, weil
ich wußte, daß die anderen lachen würden, einzig und allein
deshalb habe ich es getan, weil ich wollte, daß die anderen
über einen Witz von mir lachen sollten. Aus Eitelkeit. Nicht
weil ich Cicero wirklich für Scheiße hielt; wenn ich es des-
wegen getan hätte, wäre es nicht so schlimm gewesen, aber
ich habe es wegen des Witzes getan. Man soll nichts wegen
eines Witzes tun. Auch über den Leutnant Schreckmüller
habe ich Witze gemacht, über diesen traurigen, blassen, kleinen Jungen, dem die Leutnantsschulterstücke schwer auf
den Schultern lagen, sehr schwer, und dem man ansehen
konnte, daß er ein Todeskandidat war. Über ihn habe ich
auch Witze gemacht, weil es mich reizte, als witzig zu gelten
und als spöttischer alter Landsknecht. Das war vielleicht
das Schlimmste, und ich weiß nicht, ob Gott das verzeihen
kann. Ich hab Witze über ihn gemacht, über sein Hitler-
jungenaussehen, und er war ein Todeskandidat, ich habe
es ihm am Gesicht angesehen, und er ist gefallen; beim
ersten Angriff unten in den Karpaten ist er abgeknallt worden, und seine Leiche ist einen Abhang hinuntergerollt,
ganz furchtbar hinuntergerollt, und im Wälzen hat sich die
Leiche voll Dreck gewälzt, das war furchtbar, und es sah
wirklich fast lächerlich aus, wie die Leiche sich wälzte,

immer schneller, immer schneller, immer schneller, bis sie unten aufgeprallt ist in der Talsohle...

Und in Paris habe ich eine Hure beschimpft. Mitten in der Nacht, das war schlimm. Es war kalt, da hat sie sich an mich rangemacht ... sie hat mich regelrecht angefallen, und ich habe an ihren Fingern und ihrer Nasenspitze gesehen, daß sie erbärmlich gefroren hat, gefroren vor Hunger. Ich habe mich geekelt, als sie gesagt hat: Komm, und ich hab sie weggestoßen, dabei hat sie gefroren und ist häßlich gewesen und ganz allein in dieser großen, breiten Straße, und vielleicht wäre sie froh gewesen, wenn ich bei ihr gelegen hätte in ihrem armseligen Bett und hätte sie bloß ein bißchen gewärmt. Und ich hab sie richtig von mir gestoßen in die Gosse hinein und hab ihr Bosheiten nachgezischt. Wenn ich nur wissen dürfte, was aus ihr geworden ist in jener Nacht. Vielleicht ist sie in die Seine gegangen, weil sie so häßlich war, daß keiner angebissen hat in dieser Nacht, und das Schreckliche ist, daß ich nicht so hart zu ihr gewesen wäre, wenn sie hübsch gewesen wäre... Wenn sie hübsch gewesen wäre, wäre mir ihr Beruf vielleicht gar nicht so schrecklich vorgekommen und sie wäre nicht in die Gosse gestoßen worden und ich hätte mich vielleicht ganz gerne selbst bei ihr gewärmt und ganz was anderes noch. Weiß Gott, was geschehen wäre, wenn sie hübsch gewesen wäre. Das ist furchtbar, einen Menschen schlecht zu behandeln, weil er einem häßlich vorkommt. Es gibt keine häßlichen Menschen. Dieses arme Ding. Gott verzeih mir vierundzwanzig Stunden vor meinem Tode, daß ich diese arme, häßliche, frierende Hure von mir gestoßen habe, in der Nacht, in der breiten, leeren Straße von Paris, wo kein Freier mehr für sie aufzutreiben war als ich allein. Gott verzeih mir alles, es ist nichts ungeschehen zu machen, nichts ist ungeschehen zu machen, und in alle Ewigkeit hinein wird das jämmerliche Wimmern dieses armen Mädchens in der Straße von Paris hängen und mich anklagen und die armen, hilflosen Hundeaugen des Leutnants Schreckmüller,

dem die Schulterstücke viel zu schwer auf den Kinder-
schultern lagen . . .

Wenn ich nur weinen könnte. Über alles das kann ich
nicht einmal weinen. Es ist mir schmerzlich und schwer und
furchtbar, aber ich kann nicht darüber weinen. Alle können
sie weinen, sogar der Blonde, nur ich kann nicht weinen.
Gott schenke mir, daß ich weinen kann . . .

Da muß noch vieles sein, was mir jetzt nicht einfällt. Das
kann lange nicht alles sein. So manchen hab ich verachtet und
gehaßt und innerlich beschimpft. Auch den, der gesagt hat:
Praktisch, praktisch haben wir den Krieg schon gewonnen,
auch den hab ich gehaßt, aber ich hab mich gezwungen, für
ihn zu beten, weil er so dumm war. Ich muß noch für den
beten, der eben gesagt hat: Die werden es schon schmeißen,
und alle die, die begeistert den Wildbretschütz gesungen
haben.

Die alle hab ich gehaßt, die eben vorbeigefahren sind und
haben den Wildbretschütz gesungen . . . und Heidemarie . . .
und . . . Es ist so schön, Soldat zu sein . . . und . . . Und heute
gehört uns Deutschland und morgen die ganze Welt. Alle,
alle habe ich gehaßt, die so wahnsinnig eng bei mir gelegen
haben im Waggon und in der Kaserne. Ach, in der Kaserne . . .

»Feierabend«, ruft draußen eine Stimme, »alles einsteigen!«
Der Blonde kommt rein und der von der anderen Seite, und
der Zug pfeift und fährt ab. »Gott sei Dank«, sagt Willi. Aber
es ist doch zu spät. Es ist halb vier, und sie haben noch mindestens zwei Stunden bis Lemberg, und um fünf Uhr fährt
schon der Kurierzug von Warschau nach Bukarest, der
Zivilzug.

»Noch besser«, sagt Willi, »da haben wir einen ganzen Tag
in Lemberg.« Er lacht wieder. Er möchte so gern noch mehr
von Lemberg erzählen. Man hört es an seiner Stimme, aber
niemand fragt, und niemand fordert ihn auf zu erzählen. Sie
sind müde, es ist halb vier und kalt, und der dunkle polnische
Himmel hängt über ihnen, und die beiden Bataillone oder
Regimenter, die da in den Kessel von Tscherkassy reinge-

schmissen werden sollen, die haben sie nachdenklich gemacht. Keiner spricht, obwohl sie alle nicht schlafen. Nur das Rattern des Zuges schläfert so schön ein und tötet die Gedanken, saugt die Nachdenklichkeit aus ihren Köpfen, das regelmäßige Rak-Tak-Tak-Bums, Rak-Tak-Tak-Bums, das macht sie schlafen. Sie sind alle arme, graue, hungrige, verführte und betrogene Kinder, und ihre Wiege, das sind die Züge, die Fronturlauberzüge, die Rak-Tak-Bums machen und sie einschläfern.

Der Blonde scheint wirklich zu schlafen. Ihm ist es draußen kalt geworden, und der Dunst hier im Flur muß ihm richtig lauwarm vorkommen und hat ihn eingeschläfert. Nur Willi ist wach, Willi, der einmal der Unrasierte war. Man hört manchmal, wenn er zu seiner Wodkapulle greift und glucksend trinkt, und zwischendurch flucht er ganz leise, und manchmal macht er ein Streichholz an und raucht, und dann leuchtet er in Andreas' Gesicht und sieht, daß der hellwach ist. Aber er sagt nichts. Und es ist merkwürdig, daß er nichts sagt...

Andreas will beten, er will unbedingt beten, erst alle die Gebete, die er immer gebetet hat, und noch ein paar eigene dazu, und dann will er aufzählen, anfangen aufzuzählen, die, für die er bitten muß, aber er denkt, daß es Irrsinn ist, alle aufzuzählen. Man müßte alle aufzählen, die ganze Welt. Zwei Milliarden müßte man aufzählen ... vierzig Millionen, denkt er ... nein, zwei Milliarden müßte man aufzählen. Man müßte einfach sagen: Alle. Aber das ist zu wenig, man muß schon anfangen aufzuzählen, die, für die er bitten muß. Erst die, die man gekränkt hat, an denen man etwas gutzumachen hat. Er fängt mit der Schule an, dann mit dem Arbeitsdienst, dann die Kaserne und der Krieg und die vielen, die ihm einfallen zwischendurch. Sein Onkel, den er auch gehaßt hat, weil der vom Militär geschwärmt hat, von der schönsten Zeit seines Lebens. Er denkt an seine Eltern, die er nicht gekannt hat. Paul. Paul steht jetzt bald auf und liest die Messe. Es ist die dritte, die er liest, seitdem ich weg bin, vielleicht hat er begriffen, als ich geschrien habe: Ich werde sterben . . . bald. Vielleicht hat Paul begriffen und liest eine Messe für mich am Sonntag morgen, eine Stunde bevor oder nachdem ich gestorben sein werde. Hoffentlich denkt Paul an die anderen, an die Soldaten, die so sind wie der Blonde, und an die, die so sind wie Willi, und an die, die sagen: Praktisch, praktisch haben wir den Krieg schon gewonnen, und an die, die Tag und Nacht singen: Wildbretschütz und Heidemarie, und: Es ist so schön, Soldat zu sein, und: Ja, die Sonne von Mexiko. Er denkt gar nicht an die Augen an diesem kalten, trostlosen Morgen unter dem dunklen traurigen galizischen Himmel. Jetzt sind wir bestimmt in Galizien, so nahe an Lemberg, Lemberg ist doch die Hauptstadt von Galizien. Jetzt bin ich schon ziemlich mitten drin im Zentrum des Netzes, wo ich gefangen werden soll. Es ist nur noch eine Provinz: Galizien, und ich bin in Galizien. In meinem ganzen Leben werde ich nichts anderes mehr sehen als Galizien. Es ist schon sehr eingeengt, das Bald. Auf vierundzwanzig Stunden und auf ein paar Kilometer. Nicht mehr viele Kilometer bis Lemberg, vielleicht sechzig, und über Lemberg hinaus höchstens noch sechzig. Auf hundertzwanzig Kilometer ist mein Leben schon in Galizien eingeengt, in Galizien . . . wie ein Messer auf unsichtbaren Schlangenfüßen, ein Messer, das wandert, leise wandert, ein leise wanderndes Messer. Galizien. Wie wird es wohl vor sich gehen, denkt er. Ob ich erschossen werde oder erdolcht . . . oder zertreten . . . oder ob ich einfach von einem zerquetschten Eisenbahnwagen mitzerquetscht werde. Es gibt so unendlich viele Todesarten. Man kann auch von einem Wachtmeister erschossen werden, weil man nicht so werden will, wie der Blonde geworden ist; man kann sterben, wie man will, und immer steht in dem Brief: Er ist für Großdeutschland gefallen. Ich muß unbedingt noch für die Geschützbedienung da unten in den Ssiwasch-Sümpfen beten . . . unbedingt . . . unbedingt . . . Tak-Tak-Tak-Bums . . . unbedingt . . . Tak-Tak-Tak-Bums – unbedingt Geschützbedienung . . . in den Ssiwasch-Sümpfen . . . Tak-Tak-Tak-Bums . . .

Es ist furchtbar, daß er doch zuletzt wieder eingeschlafen ist. Und sie sind in Lemberg. Da ist ein großer Bahnhof; schwarzes Eisengerüst und dunkelweiße Schilder, und da steht es schwarz auf weiß zwischen den Bahnsteigen: Lemberg. Hier ist das Sprungbrett. Es ist kaum zu glauben, wie schnell man vom Rhein nach Lemberg kommen kann. Lemberg, steht da schwarz auf weiß, unwiderruflich: Lemberg. Hauptstadt von Galizien. Wieder sechzig Kilometer weniger. Das Netz ist jetzt schon ganz klein. Sechzig Kilometer, vielleicht auch weniger, vielleicht nur zehn. Hinter Lemberg, zwischen Lemberg und Czernowitz, das kann ein Kilometer hinter Lemberg sein. Das ist wieder so dehnbar wie das Bald, das er doch eingeengt zu haben glaubte . . .

»Junge, du hast aber einen Schlaf«, sagt Willi, der sehr munter sein Gepäck zusammenklaubt, »du hast einen Schlaf, der ist toll. Zweimal sind wir noch stehengeblieben. Fast hättest du Posten stehen müssen. Ich hab dem Feldwebel gesagt, daß du krank bist, und er hat dich schlafen lassen. Nun steh auf!« Der Wagen ist schon ganz leer, und der Blonde steht schon draußen mit seinem Luftwaffenrucksack und dem Koffer.

Es ist sehr seltsam, so über einen Bahnsteig im Hauptbahnhof von Lemberg zu gehen . . .

Es ist elf Uhr, fast Mittag, und Andreas spürt einen schrecklichen Hunger. Aber er denkt mit Widerwillen an die Kochwurst. Butter und Brot und etwas Warmes! Ich habe lange nichts Warmes mehr gegessen, ich möchte etwas Warmes essen. Seltsam, denkt er, während er Willi und dem Blonden folgt, mein erster Gedanke in Lemberg: Du müßtest etwas Warmes essen. Vierzehn oder fünfzehn Stunden vor deinem Tode müßtest du etwas Warmes essen. Er lacht, so daß die beiden sich umdrehen und ihn fragend ansehen, aber er weicht ihren Blicken aus und errötet. Da ist die Sperre, da steht ein Posten mit Stahlhelm wie an allen Bahnhöfen Europas, und der Posten sagt zu Andreas, weil er der letzte von den dreien ist: »Wartesaal links, auch für Mannschaftsdienstgrade.«

Willi wird fast ausfällig, als sie die Sperre hinter sich haben. Er bleibt mitten in der Bahnhofshalle stehen, zündet sich eine Zigarette an und äfft laut nach: »Wartesaal, auch Mannschaftsdienstgrade ... links. Das könnte denen so passen, daß wir in den Stall gehen, den sie für uns eingerichtet haben.« Sie blicken ihn erschreckt an, aber er lacht. »Nun laßt mich mal machen, Kinder! Lemberg, das ist nämlich mein Fall. Wartesaal für Mannschaftsdienstgrade! Hier gibt's Kneipen, hier gibt's Restaurants«, er schnalzt mit der Zunge, »das hat europäischen Rang«, er wiederholt mit ironischer Betonung, »europäischen Rang.«

Sein Gesicht sieht jetzt wieder ziemlich unrasiert aus, er scheint einen irrsinnigen Bartwuchs zu haben. Es ist das alte, sehr traurige und verzweifelte Gesicht.

Er geht stumm den beiden voran durch die Ausgangstür, überquert, ohne ein Wort zu sagen, einen großen Platz, der von Menschen wimmelt, und dann sind sie sehr schnell in einer dunklen schmalen Quergasse, da steht ein Auto an der Ecke, ein sehr wackeliges Personenauto, und es ist wie ein Traum, daß Willi den Fahrer kennt. Er ruft »Stani«, und es ist wieder wie ein Traum, daß sich ein verschlafener, schmutziger alter Pole aus dem Führerstand erhebt und grinsend Willi erkennt. Willi nennt einen polnischen Namen, und es geht sehr schnell, daß sie mit ihrem Gepäck alle drei in der Taxe sitzen und durch Lemberg fahren. Da sind Straßen wie überall in der Welt in großen Städten. Breite, elegante Straßen, abfallende Straßen, traurige Straßen mit gelblichen Fassaden, die ausgestorben scheinen. Menschen, Menschen, und Stani fährt sehr schnell ... es ist wie ein Traum: ganz Lemberg scheint Willi zu gehören. Sie fahren in eine sehr breite Allee hinein, eine Allee wie überall in der Welt und doch eine polnische Allee, und Stani hält. Er bekommt einen Geldschein, fünfzig Mark sieht Andreas, und Stani hilft jetzt grinsend das Gepäck auf den Bürgersteig legen, alles sehr schnell, und es geht wiederum sehr schnell, daß sie einen verwilderten Vorgarten durchschreiten und in einen sehr langen und dumpfen Flur treten in einem Haus, dessen Fassade zu zerbröckeln scheint. Ein k. u. k.-Haus. Andreas erkennt das sofort, daß das ein ehemaliges k. u. k.-Haus ist, vielleicht hat hier ein hoher Offizier gewohnt, damals, als noch Walzer getanzt wurde, oder ein Oberregierungskommissär, was weiß er. Das ist ein altes österreichisches Haus, die stehen überall, auf dem ganzen Balkan, in Ungarn und Jugoslawien, und in Galizien natürlich auch. Das denkt er eine flüchtige Sekunde lang, bevor sie in den langen, dunklen, sehr muffig riechenden Gang treten.

Aber dann öffnet Willi zufrieden lächelnd eine schmutzigweiße, sehr hohe und breite Tür, und da ist ein Restaurant mit weichen Klubsesseln und schöngedeckten Tischen mit Blumen. Herbstblumen, denkt Andreas, wie man sie auf Gräber setzt, und er denkt, das wird meine Henkersmahlzeit. Willi führt sie in eine Nische, vor die man einen Vorhang ziehen kann, und da sind wieder Sessel und ein schöngedeckter Tisch, und alles ist wie ein Traum. Habe ich nicht soeben noch unter dem Schild gestanden, wo schwarz auf weiß zu lesen war: Lemberg?

Kellner! Ein eleganter polnischer Kellner mit glänzenden Schuhen und fabelhaft rasiert und grinsend, nur sein Rock ist ein wenig beschmiert. Alles grinst hier, denkt Andreas. Der Rock des Kellners ist ein wenig beschmiert, aber das macht nichts, Schuhe hat er wie ein Großfürst und rasiert ist er wie ein Gott ... blankgewichste schwarze Halbschuhe ...

»Georg«, sagt Willi, »die Herren möchten sich waschen und rasieren.« Es ist wie ein Befehl. Nein, es ist ein Befehl. Andreas muß lachen, als er dem ewig grinsenden Kellner folgt. Es ist ihm, als sei er bei einer sehr vornehmen Großmutter oder bei einem sehr vornehmen Onkel eingeladen, und der Onkel hätte gesagt: Unrasierte oder ungewaschene Kinder dürfen sich nicht zu Tisch setzen ...

Der Waschraum ist großzügig, sauber. Georg bringt heißes Wasser. »Wenn die Herren Toilettenseife wünschen, ausgezeichnete Qualität, fünfzehn Mark.« – »Bringen Sie«, sagt Andreas lachend, »Papa bezahlt alles.«

Georg bringt die Seife und wiederholt grinsend: »Papa bezahlt.« Auch der Blonde wäscht sich; sie machen den Oberkörper frei, seifen sich ganz ein, reiben sich wollüstig trocken, die Arme und die ganze gelblichweiße, ungelüftete Soldatenhaut. Es ist ein Glück, daß ich meine Socken mitgebracht habe, denkt Andreas, ich werde mir auch die Füße waschen, und ich kann die sauberen Socken anziehen.

Socken sind sicher teuer hier, und warum soll ich die Socken in der Packtasche lassen. Die Partisanen haben sicher Socken. Er wäscht sich die Füße und lacht über den Blonden, der ein erstauntes Gesicht macht. Der Blonde träumt wirklich.

Es ist schön, glattrasiert zu sein, so glatt wie ein Pole, und es ist nur schade, daß ich morgen früh wieder einen Stoppelbart haben werde, denkt Andreas. Der Blonde braucht sich nicht zu rasieren, er hat kaum Flaum über den Lippen. Zum ersten Male fragt sich Andreas, wie alt der Blonde wohl sein mag, während er sein schönes sauberes Hemd anzieht, mit einem richtigen Zivilkragen, so daß er die blödsinnige Kragenbinde weglassen kann; ein blaues Hemd, das einmal ganz dunkel war, jetzt aber himmelblau ist. Er knöpft es zu und zieht den Rock darüber, den sehr verschlissenen grauen Rock mit dem Verwundetenabzeichen. Vielleicht ist das Verwundetenabzeichen aus des Blonden vaterländischer Fahnenfabrik, denkt er. Ach, er wollte ja darüber nachdenken, wie alt der Blonde sein mag. Einen Bart hat er nicht, aber Paul hat auch keinen Bart, und Paul ist sechsundzwanzig. Der Blonde könnte siebzehn und auch vierzig sein, er hat ein seltsames Gesicht, er ist sicher zwanzig. Gefreiter ist er ja auch schon, ein Jahr Soldat oder fast zwei. Zwanzig – einundzwanzig, schätzt Andreas. Gut. Rock an, Kragen zu, es ist wirklich schön, sauber zu sein.

Nein, sie finden allein in die Nische zurück. Im Restaurant sitzen jetzt ein paar Offiziere, die sie grüßen müssen. Das ist schrecklich, Grüßen, Grüßen ist furchtbar, und es ist schön, wieder in der Nische geborgen zu sein.

»So gefallt ihr mir, meine Kinder«, sagt Willi. Willi trinkt Wein und raucht eine Zigarre dazu. Der Tisch ist schon gedeckt, allerlei Teller, Gabeln, Messer und Löffel.

Georg bedient lautlos. Erst kommt eine Suppe. Bouillon, denkt Andreas. Er betet leise und lange, die andern essen schon, und er betet immer noch, und es ist merkwürdig, daß sie nichts sagen.

Nach der Bouillon gibt es etwas Ähnliches wie Kartoffelsalat, nur ein ganz klein wenig. Dazu Aperitif. Wie in Frankreich. Dann kommen mehrere Fleischgerichte. Erst ein deutsches Beefsteak . . . dann kommt etwas ganz Komisches. »Was ist das?« fragt Willi hoheitsvoll, aber er lacht dabei.

»Das?« Georg grinst. »Das ist Schweineherz . . . gutes Schweineherz . . .« Dann kommt ein Kotelett, ein gutes, saftiges Kotelett. Eine richtige Henkersmahlzeit, denkt Andreas, und er ist erschreckt darüber, wie es ihm schmeckt. Es ist eine Schande, denkt er, ich müßte beten, beten, den ganzen Tag irgendwo auf den Knien liegen, und ich sitze hier und esse Schweineherz . . . Es ist eine Schande. Dann kommt Gemüse, zum erstenmal Gemüse, Erbsen. Dann endlich einmal Kartoffeln. Und noch einmal Fleisch, so etwas Ähnliches wie Goulasch, ganz knuspriges Goulasch. Noch einmal Gemüse, Salat. Endlich etwas Grünes. Und immer Wein dazu, Willi schenkt ein, sehr hoheitsvoll, und lacht dazu.

»Die ganze Hypothek wird heute draufgemacht, es lebe die Lemberger Hypothek!« Sie stoßen an auf die Lemberger Hypothek . . .

Eine ganze Reihe Nachtische. Wie in Frankreich, denkt Andreas. Erst Pudding, richtiger Pudding mit Eiern drin. Dann kommt ein Stück Kuchen mit heißer Vanillesauce. Dazu trinken sie wieder Wein, den Willi einschenkt, sehr süßen Wein. Dann kommt etwas sehr Kleines, das winzig auf einem weißen Teller liegt. Es ist etwas mit Schokoladenüberguß, Blätterteig mit Schokoladenüberguß und Sahne drin, richtiger Sahne. Schade, daß es so klein ist, denkt Andreas. Sie sprechen kein Wort, der Blonde träumt immer noch, es ist beängstigend, sein Gesicht zu sehen, er hat den Mund offen und kaut und ißt und trinkt. Zum Schluß kommt tatsächlich Käse. Verdammt, genau wie in Frankreich, Käse mit Brot, und dann ist Schluß. Käse schließt den Magen, denkt Andreas, und sie trinken weißen Wein dazu, weißen Wein aus Frankreich ... Sauternes ...

Mein Gott, hat er nicht Sauternes getrunken in Le Tréport auf einer Terrasse über dem Meer, Sauternes, der köstlich war wie Milch, Feuer und Honig, Sauternes in Le Tréport auf einer Terrasse über dem Meer an einem Sommerabend, und sind an diesem Abend nicht die geliebten Augen bei ihm gewesen, fast so nah wie damals in Amiens? Sauternes in Le Tréport. Das ist der gleiche Wein. Er hat ein gutes Geschmacksgedächtnis. Sauternes in Le Tréport, und sie war bei ihm mit Mund und Haaren und ihren Augen, das alles vermag der Wein, und es ist gut, zu dem weißen Wein Brot und Käse zu essen ...

»Kinder«, sagt Willi gut gelaunt, »hat es euch denn geschmeckt?« Ja, es hat ihnen wirklich geschmeckt, und sie fühlen sich sehr wohl.

Sie sind nicht überfressen. Man muß beim Essen Wein trinken, das ist herrlich. Andreas betet ... man muß nach dem Essen beten, und er betet sehr lange – während die anderen zurückgelehnt sitzen und rauchen, hat Andreas die Arme auf den Tisch gestützt und betet ...

Das Leben ist schön, denkt er, es war schön. Zwölf Stunden vor meinem Tode muß ich einsehen, daß das Leben schön ist, das ist zu spät. Ich bin undankbar gewesen, ich habe geleugnet, daß es eine menschliche Freude gibt. Und das Leben war schön. Er wird rot vor Verlegenheit, rot vor Angst, rot vor Reue. Ich habe doch wirklich geleugnet, daß es eine menschliche Freude gibt, und das Leben war schön. Ich habe ein unglückliches Leben gehabt ... ein verfehltes Leben, wie man so sagt, ich habe gelitten jede Sekunde unter dieser scheußlichen Uniform, und sie haben mich totgeschwätzt, und sie haben mich bluten gemacht auf ihren Schlachtfeldern, richtig bluten, dreimal bin ich verwundet worden auf den Feldern der sogenannten Ehre, da bei Amiens und unten bei Tiraspol und dann in Nikopol, und ich habe nur Dreck gesehen und Blut und Scheiße und habe nur Schmutz gerochen ... nur Elend ... nur Zoten gehört, und ich habe nur eine Zehntelsekunde lang die wirkliche menschliche Liebe kennengelernt, die Liebe von Mann und Weib, die doch schön sein muß, nur eine Zehntelsekunde lang, und zwölf Stunden oder elf Stunden vor meinem Tode muß ich einsehen, daß das Leben schön war. Ich habe Sauternes getrunken ... auf einer Terrasse über Le Tréport am Meer, und auch in Cayeux, in Cayeux habe ich auch Sauternes getrunken, auch an einem Sommerabend, und die Geliebte ist bei mir gewesen ... und in Paris habe ich auf diesen Boulevardterrassen gehockt und mich vollgepumpt mit einem anderen herrlichen gelben Wein. Ganz gewiß ist die Geliebte bei mir gewesen, und ich habe nicht vierzig Millionen zu durchsuchen brauchen, um glücklich zu sein. Ich habe gedacht, ich hätte nichts vergessen, alles hatte ich vergessen ... alles ... und dieses Essen war schön ... Auch das Schweineherz und der Käse, und der Wein hat mir die Erinnerung geschenkt, daß das Leben schön war ... noch zwölf Stunden oder elf Stunden ...

Ganz zuletzt denkt er noch einmal an die Juden von Czernowitz, dann fallen ihm die Juden von Lemberg ein, von Stanislau und von Kolomea, und das Geschütz da unten in den Ssiwasch-Sümpfen. Und der, der gesagt hat: Das sind ja gerade die eminenten Vorzüge der 3,7 Pak ... und die arme, häßliche, frierende Hure von Paris, die er von sich gestoßen hat in der Nacht ...

»Trink doch, Kumpel«, sagt Willi rauh, und Andreas hebt den Kopf und trinkt. Es ist noch Wein da, die Flasche steht im Kühler, er trinkt das Glas aus und läßt sich einschenken.

Das ist alles in Lemberg, was ich hier tue, denkt er, in einem k. u. k.-Haus, in einem alten, halbzerfallenen k. u. k.-Haus, in einem großen Saal in diesem Haus, wo sie Feste gefeiert haben, große, schöne Feste mit Walzertänzen, noch vor – er rechnet leise nach – noch vor mindestens achtundzwanzig Jahren, nein, neunundzwanzig Jahren, vor neunundzwanzig Jahren war noch kein Krieg. Vor neunundzwanzig Jahren, da war hier noch Österreich . . . dann war hier Polen . . . dann war Rußland . . . und jetzt, jetzt ist alles Großdeutschland. Da haben sie Feste gefeiert damals . . . Walzer getanzt, wunderbare Walzer, und haben sich zugelächelt, getanzt . . . und draußen, in dem großen Garten, der bestimmt hinter dem Haus ist, in diesem großen Garten haben sie sich geküßt, die Leutnants mit den Mädchen . . . und vielleicht auch die Majore mit den Frauen, und der Hausherr, der war sicher Oberst oder General, und er hat getan, als sähe er nichts . . . vielleicht war er auch k. u. k.-Oberregierungskommissär oder sowas . . . ja . . .

»Trink doch, Kumpel!« Ja, er trinkt gerne noch was . . . die Zeit verrinnt, denkt er, ich möchte wissen, wie spät es ist. Es war elf, Viertel nach elf, als wir den Bahnhof verließen, es ist jetzt sicher zwei oder drei . . . noch zwölf Stunden, nein, noch mehr. Der Zug fährt ja erst um fünf, und dann noch bis . . . bald. Das Bald ist jetzt wieder so verschwommen. Sechzig Kilometer hinter Lemberg werden es gar nicht mehr sein. Sechzig Kilometer, dafür braucht der Zug einundeinhalb Stunden, das wäre halb sieben, da ist es doch hell. Ganz plötzlich, während er das Glas zum Munde führt, weiß er, daß es nicht mehr hell sein wird. Vierzig Kilometer . . . eine Stunde oder Dreiviertelstunde, bis es vielleicht anfängt, leise zu dämmern. Nein, es wird noch dunkel sein, kein Dämmer! Da ist es! Da ist es ganz genau! Viertel vor sechs, und morgen ist schon Sonntag, und morgen fängt Pauls andere Woche an, und in dieser ganzen Woche hat Paul die Sechsuhrmesse. Ich werde sterben, wenn Paul zum Altar tritt. Das ist ganz gewiß, wenn er das Staffelgebet ohne Meßdiener zu beten beginnt. Er hat mir gesagt, daß die Meßdiener nicht mehr so funktionieren. Wenn Paul das Staffelgebet spricht, zwischen Lemberg und ... er muß nachsehen, welcher Ort vierzig Kilometer hinter Lemberg ist. Er muß die Karte haben. Er blickt auf und sieht, daß der Blonde in seinem weichen Sessel schlummert. Der Blonde ist müde, der Blonde hat Posten gestanden. Willi ist wach und lächelt glücklich, Willi ist betrunken, und die Karte hat der Blonde in der Tasche. Aber es ist ja noch Zeit. Noch mehr als zwölf Stunden, noch fünfzehn Stunden ... in diesen fünfzehn Stunden muß noch viel erledigt werden. Beten, beten, nicht mehr schlafen ... auf keinen Fall mehr schlafen, und es ist gut, daß ich es jetzt so genau weiß. Auch Willi weiß, daß er sterben wird, und auch der Blonde will sterben, ihr Leben ist aus, es ist ziemlich voll, das Stundenglas ist fast bis zum Rand gefüllt, und der Tod muß nur noch ein wenig, ein ganz klein wenig dazuschütten.

»So, Kinder«, sagt Willi, »tut mir leid, wir müssen aufbrechen. War schön hier, nicht wahr?« Er stößt den Blonden an, und der Blonde erwacht. Er träumt immer noch, es ist nichts als Traum in seinem Gesicht, und seine Augen sehen nicht mehr so scheußlich schleimig aus, sie haben etwas Kindliches, und vielleicht kommt das daher, daß er richtig geträumt hat, sich richtig gefreut hat. Die Freude wäscht vieles ab, so wie das Leid vieles abwäscht. »Jetzt«, sagt Willi, »jetzt müssen wir nämlich in das Stempelhaus, aber ich verrate euch noch nichts.« Er ist ein wenig gekränkt, daß keiner ihn fragt, und er ruft Georg herbei, und er zahlt etwas über vierhundert Mark. Das Trinkgeld ist fürstlich. »Und einen Wagen«, sagt Willi. Sie nehmen ihr Gepäck auf, schnallen ihre Koppel um, setzen ihre Mützen auf und gehen hinaus an den Offizieren vorbei, an den Zivilisten und denen mit den braunen Uniformen. Und es ist sehr viel Staunen in den Augen der Offiziere und derer mit den braunen Uniformen. Und es ist wie in allen Kneipen Europas, in den französischen, ungarischen, rumänischen, russischen und jugoslawischen und tschechischen und holländischen und belgischen und norwegischen und italienischen und luxemburgischen Kneipen: das mit dem Koppelumschnallen und Mützeaufsetzen und Grüßen an der Tür, wie beim Verlassen eines Tempels, in dem sehr strenge Götter wohnen.

Und sie verlassen das k. u. k.-Haus, den k. u. k.-Vorgarten, und Andreas blickt noch einmal diese zerbröckelte Fassade an, Walzerfassade, ehe sie in die Taxe steigen ... weg.

»Jetzt«, sagt Willi, »jetzt fahren wir in das Stempelhaus. Um fünf machen sie nämlich auf.«

»Kann ich noch einmal die Karte haben«, fragt Andreas den Blonden, aber bevor dieser die Karte aus seinem Luftwaffensack gezogen hat, halten sie schon wieder. Sie sind nur ein Stück in dieser breiten schwermütigen k. u. k.-Allee hinuntergefahren. Da ist offenes Land im Hintergrund und einzelne Villen, und das Haus, vor dem sie halten, ist ein polnisches Haus. Das Dach ist halb flach, die Fassade ist schmutziggelb, und die schmalen hohen Fenster sind mit Läden verschlossen, die an Frankreich erinnern, mit sehr schmalschlitzigen, sehr brüchig aussehenden, graugestrichenen Läden. Es ist ein polnisches Haus, das Stempelhaus, und Andreas ahnt sofort, daß es ein Bordell ist. Das ganze untere Stockwerk ist verdeckt von einer dichten Buchenhecke, und als sie durch den Vorgarten gehen, sieht er, daß im Erdgeschoß die Fenster nicht verschlossen sind ...

Er sieht zimmetfarbene Vorhänge, schmutzigzimmetfarben, fast dunkelbraun mit einem Stich ins Rötliche. »Hier gibt es alle Stempel der Welt«, sagt Willi lachend. »Man muß es nur wissen und sicher sein.« Sie stehen mit ihrem Gepäck im Eingang, als Willi die Klingel gezogen hat, und es dauert eine Weile, ehe sie etwas in dem stummen, unheimlichen Hause hören. Andreas weiß ganz sicher, daß sie beobachtet werden. Man beobachtet sie lange, so lange, daß Willi unruhig wird. »Verdammt«, sagt er, »vor mir brauchen sie doch nichts zu verstecken. Sie verstecken nämlich alles Verdächtige, wenn jemand vor der Tür steht, den sie nicht kennen«, sagt er ärgerlich. Aber dann wird die Tür geöffnet, und eine ältliche Frau geht Willi mit ausgebreiteten Armen süßlich lächelnd entgegen. »Ich hätte Sie fast nicht erkannt«, sagt sie freundlich, »treten Sie ein. Und das«, sagt sie und zeigt auf Andreas und den Blonden, »das sind zwei junge Kameraden«, sie schüttelt etwas abfällig den Kopf, »zwei sehr, sehr junge Kameraden für unser Haus.«

Sie sind alle drei eingetreten und haben ihr Gepäck in einer Garderobennische abgestellt.

»Wir brauchen den Stempel für den Zug morgen früh um fünf, den Kurierzug, Sie wissen.«

Die Frau blickt die beiden Jungen zweifelnd an. Sie ist etwas nervös. Ihr graumeliertes Haar ist Perücke, man sieht es gut. Ihr schmales, scharfgeschnittenes Gesicht mit den grauen verschwimmenden Augen ist geschminkt, sehr dezent geschminkt. Sie trägt ein elegantes, rot und schwarz gemustertes Kleid, das oben geschlossen ist, damit man ihre Haut nicht sieht, ihre welke Haut, die am Hals gut zum Vorschein kommt, Hühnerhaut. Sie müßte einen hohen, geschlossenen Kragen tragen, denkt Andreas, einen Generalskragen.

»Gut«, sagt die Frau zögernd, »und? ... und?«

»Vielleicht etwas zu trinken, und für mich ein Mädchen, ihr auch?«

»Nein«, sagt Andreas, »kein Mädchen.«

Der Blonde ist rot geworden und schwitzt vor Angst. Es muß für ihn furchtbar sein, denkt Andreas, vielleicht nähme er besser ein Mädchen.

Plötzlich hört Andreas Musik. Es ist ein Fetzen Musik, nur ein Lappen Musik. Irgendwo ist eine Tür geöffnet worden zu einem Raum, in dem ein Radioapparat stehen muß, und diese halbe Sekunde, wo die Tür offenbleibt, hört er ein paar Fetzen Musik, so wie es ist, wenn jemand suchend an einem Radio herumschaltet ... Jazz ... Soldatenlieder ... eine sonore Stimme und ein Bruchstück Schubert ... Schubert ... Schubert ... Nun ist die Tür wieder zu, aber es ist Andreas, als habe ihn jemand mitten ins Herz gestoßen und eine geheime

Schleuse geöffnet: er wird bleich und wankt und stützt sich an die Wand. Musik ... ein Fetzen Schubert ... zehn Jahre meines Lebens würde ich dafür geben, wenn ich noch einmal ein ganzes Schubertlied hören könnte, aber ich habe nur noch zwölfdreiviertel Stunden, es ist jetzt sicher fünf.

»Sie«, fragt die ältliche Frau, deren Mund scheußlich ist. Er sieht das jetzt, es ist ein schmaler, verengter Schlitzmund, der nur Geld kennt, ein Sparbüchsenmund. »Sie«, fragt die Frau erschreckt, »Sie wollen nichts?«

»Musik«, stammelt Andreas, »kann man hier auch Musik kaufen?« Sie blickt ihn verwirrt an, sie zögert. Alles hat sie gewiß schon verkauft. Stempel und Mädchen und Pistolen, dieser Mund ist ein Mund, der mit allem handelt, aber sie weiß nicht, ob man Musik verkaufen kann.

»Ich«, sagt sie verlegen, »Musik ... gewiß.« Es ist auf jeden Fall gut, erst einmal ja zu sagen. Nein kann man immer noch sagen. Wenn man gleich nein sagt, dann ist kein Geschäft mehr zu machen.

Andreas hat sich wieder aufgerichtet. »Verkaufen Sie mir Musik?«

»Nicht ohne Mädchen«, lächelt die Frau.

Andreas blickt Willi gequält an. Er weiß nicht, was das kosten wird. Musik und ein Mädchen dazu, und es ist seltsam, daß Willi den Blick gleich versteht. »Kumpel«, ruft er, »denk an die Hypothek, es lebe die Lemberger Hypothek, alles gehört uns.«

»Gut«, sagt Andreas zu der Frau, »ich nehme Musik und ein Mädchen.« Die Tür ist von drei Mädchen geöffnet worden, die lachend im Flur stehen und der Verhandlung zugehört haben, zwei schwarze und eine rothaarige. Die Rothaarige, die Willi wiedererkannt hat und an seinem Hals liegt, ruft der Alten zu: »Verkauf ihm doch die ›Opernsängerin‹.« Die beiden Schwarzen lachen, und eine von den Schwarzen hat sich den Blonden genommen und ihre Hand auf seinen Arm gelegt. Der Blonde schluchzt bei dieser Berührung, er knickt zusammen wie ein Strohhalm, und die Schwarze muß

ihn packen und festhalten und muß ihm zuflüstern: »Keine
Angst, mein Junge ... nur keine Angst!«

Es ist eigentlich schön, daß der Blonde schluchzt, Andreas
möchte auch weinen, der Inhalt der Schleuse drängt sich gewaltsam nach vorne, wo die Wand durchstoßen ist. Endlich
werde ich weinen können, aber ich werde nicht weinen vor
diesem Sparbüchsenschlitzmund, der nur Geld kennt. Vielleicht werde ich bei der »Opernsängerin« weinen.

»Ja«, sagt die Schwarze, die übriggeblieben ist, schnip-
pisch, »wenn er Musik will, dann schick ihm die Opernsängerin.« Sie wendet sich ab, und Andreas, der immer noch an
die Wand gelehnt ist, hört, wie wieder die Tür geöffnet wird,
und wieder bekommt er einen Fetzen Musik zu hören, aber es
ist nicht Schubert ... es ist irgend etwas von Liszt ... auch
Liszt ist schön ... auch Liszt könnte mich weinen machen, denkt er, ich habe dreieinhalb Jahre nicht mehr geweint ...

Der Blonde liegt wie ein Kind an der Brust der einen
Schwarzen und weint, und dieses Weinen ist gut. Nichts
mehr von Ssiwasch-Sümpfen in diesem Weinen, nichts mehr
von Schreck, und doch viel Schmerz, viel Schmerz. Und die
Rothaarige, die ein gutmütiges Gesicht hat, sagt zu Willi, der
sie um die Taille gefaßt hält: »Kauf ihm die Opernsängerin,
er ist süß, ich finde ihn einfach süß mit seiner Musik.« Sie
wirft Andreas eine Kußhand zu: »Er ist jung und süß, du
alter Knabe, und du mußt ihm die Opernsängerin kaufen und
ein Klavier ...«

»Die Hypothek, die ganze Lemberger Hypothek gehört
uns«, ruft Willi.

Die ältliche Frau hat Andreas die Treppe hinaufgeführt,
einen Gang entlang, an dem viele verschlossene Türen sind,
in einen Raum, der einige bequeme Sessel, eine Liegestatt und
ein Klavier hat ...

»Das ist eine kleine Bar für intime Feiern«, sagt sie, »die
kostet die Nacht sechs Scheine, und die Opernsängerin – das
ist ein Spitzname, verstehen Sie? Die Opernsängerin kostet

die Nacht zweiundeinhalb Scheine, ohne das, was Sie verzehren wollen.«

Andreas taumelt in einen der Sessel, er nickt nur, winkt ab, und er ist froh, daß die Frau geht. Er hört, wie sie im Flur ruft: »Olina ... Olina ...«

Ich hätte nur das Klavier mieten sollen, denkt Andreas, nur das Klavier, aber dann schaudert ihn, daß er überhaupt in diesem Haus ist. Er rennt verzweifelt zum Fenster und reißt den Vorhang auf. Draußen ist es noch hell. Warum diese künstliche Dunkelheit, es ist der letzte Tag, den ich sehe, warum ihn verhängen? Die Sonne steht noch über einem Hügel und leuchtet sehr warm und mild in Gärten hinein, die hinter schönen Villen liegen, und leuchtet auf die Dächer der Villen. Die Äpfel müssen jetzt geerntet werden, denkt Andreas, es ist Ende September, auch hier werden die Äpfel reif sein. Und in Tscherkassy ist wieder ein Kessel zu, und die »Kesselflicker« werden es schon schmeißen. Alles wird geschmissen, alles wird geschmissen, und ich sitze hier an einem Fenster in einem Bordell, im »Stempelhaus«, wo ich nur noch zwölf Stunden zu leben habe, zwölfundeinehalbe Stunde, wo ich beten müßte, beten, auf den Knien liegen, aber ich bin machtlos gegen diese Schleuse, die nun geöffnet ist, aufgestoßen von dem Dolch, der mich unten im Entrée durchbohrt hat: Musik. Und es ist gut, daß ich nicht die ganze Nacht allein mit diesem Klavier sein werde. Ich würde ja verrückt, gerade ein Klavier. Ein Klavier. Es ist gut, daß Olina kommen wird, die »Opernsängerin«. Die Landkarte habe ich vergessen, denkt er, die Landkarte! Ich habe vergessen, sie dem Blonden abzufragen, ich muß unbedingt wissen, was vierzig Kilometer hinter Lemberg ist ... unbedingt ... es ist doch nicht Stanislau, nicht einmal Stanislau, nicht einmal bis Stanislau werde ich kommen. Zwischen Lemberg und Czernowitz ... wie sicher ich noch erst an Czernowitz gedacht habe! Erst hätte ich darauf gewettet, daß ich Czernowitz noch sehen würde, einen Stadtrand von Czernowitz ... nun nur noch vierzig Kilometer ... noch zwölf Stunden ...

Er erschrickt furchtbar von einem sehr leisen Geräusch, als sei eine Katze ins Zimmer gehuscht. Die Opernsängerin steht vor der Tür, die sie leise hinter sich zugezogen hat. Sie ist klein und sehr zart, zierlich und fein und sie hat hinten hochgeknotetes, sehr schönes, blondes, loses Haar, goldenes Haar. Rote Pantoffeln hat sie an den Füßen, ein blaßgrünes Kleid. Sobald ihre Blicke sich getroffen haben, macht sie eine Geste zur Schulter hin, als wolle sie flink ihr Kleid öffnen . . .

»Nein«, schreit Andreas, und im gleichen Augenblick bereut er, daß er sie so hart angeschrien hat. Schon einmal habe ich eine so laut angebrüllt, denkt er, und es ist nicht ungeschehen zu machen. Die Opernsängerin blickt ihn weniger beleidigt als erstaunt an. Der seltsam schmerzliche Ton in seiner Stimme hat sie getroffen. »Nein«, sagt Andreas sanfter, »nicht.«

Er geht auf sie zu, geht wieder zurück, setzt sich, steht wieder auf, und er fügt hinzu: »Ich darf doch du sagen?«

»Ja«, sagt sie sehr sanft, »ich heiße Olina.«

»Ich weiß«, sagt er, »ich heiße Andreas.«

Sie setzt sich auf den Sessel, den er ihr gezeigt hat, blickt ihn verwundert, fast ängstlich an. Dann geht er zur Tür und dreht den Schlüssel um. Neben ihr sitzend, sieht er jetzt ihr Profil. Sie hat eine feine Nase, die weder rund noch spitz ist, eine Fragonardnase, denkt er, auch einen Fragonardmund. Sie sieht fast verworfen aus, aber sie kann ebensogut unschuldig sein, so unschuldig-verworfen, wie diese Fragonardschäferinnen, aber sie hat ein polnisches Gesicht, einen polnischen, biegsamen, sehr elementaren Nacken.

Es ist gut, daß er die Zigaretten eingesteckt hat. Aber er hat kein Zündholz mehr. Sie steht schnell auf, öffnet einen Schrank, der mit Flaschen und Schachteln vollgestopft ist, und nimmt Zündhölzer heraus. Bevor sie sie ihm gibt, schreibt sie etwas auf einen Bogen Papier, der im Schrank liegt. »Ich muß alles aufschreiben«, sagt sie wieder mit sanfter Stimme, »auch das.«

Sie rauchen und blicken in die goldene Landschaft mit den Lemberger Gärten hinter den Villen.

»Du bist Opernsängerin gewesen?« fragt Andreas.

»Nein«, sagt sie, »sie nennen mich nur so, weil ich Musik studiert habe. Sie meinen, wenn man Musik studiert hat, ist man Opernsängerin.«

»Du kannst also nicht singen?«

»Doch, aber Gesang habe ich nicht studiert, singen kann ich nur . . . nur so.«

»Und was hast du studiert?«

»Klavier«, sagt sie ruhig, »ich wollte Pianistin werden.«

Seltsam, denkt Andreas, und ich, ich wollte Pianist werden. Ein wahnsinniger Schmerz drückt ihm das Herz zusammen. Ich wollte Pianist werden, es war der Traum meines Lebens. Ich konnte schon ganz nett spielen, ganz gut, aber die Schule hing wie ein Bleiklotz an mir. Die Schule hinderte mich. Erst mußte ich Abitur machen. Jeder Mensch in Deutschland muß erst Abitur machen. Nichts gibt es ohne Abitur. Die Schule mußte ich erst hinter mir haben, und als ich die Schule hinter mir hatte, da war neunzehnhundertneunnunddreißig, und ich mußte in den Arbeitsdienst, und als ich den Arbeitsdienst hinter mir hatte, da war inzwischen Krieg, das sind vierundeinhalb Jahre, und ich habe kein Klavier mehr berühren können seitdem. Ich wollte Pianist werden. Ich träumte davon, genausogut wie andere davon träumen, Oberstudiendirektor zu werden. Aber ich, ich wollte Pianist werden, und ich liebte nichts auf der Welt so sehr wie das Klavier, aber es war nichts. Erst Abitur, dann Arbeitsdienst, und dann hatten sie Krieg angefangen, die Schweine . . . Der Schmerz sitzt ihm in der Kehle, und er ist nie so elend gewesen wie jetzt. Es ist gut, daß ich leide. Vielleicht wird mir darum verziehen, daß ich hier in einem Lemberger Bordell neben der Opernsängerin sitze, die die ganze Nacht zweiundeinhalb Scheine kostet ohne die Streichhölzer und ohne das Klavier, das sechs Scheine kostet. Vielleicht wird mir das alles verziehen, weil ich jetzt vor Schmerz ganz gelähmt bin; vor Schmerz ganz gelähmt, weil sie das Wort Pianistin und Klavier gesagt hat. Er ist wahnsinnig, dieser Schmerz, er sitzt wie scharfes Gift in der Kehle und sinkt langsam tiefer, die Speiseröhre hinab in den Magen und verteilt sich in den ganzen Körper. Vor einer halben Stunde war ich noch glücklich, weil ich Sauternes getrunken hatte, weil ich an die Terrasse über Le Tréport gedacht habe, wo die Augen ganz nahe bei mir gewesen sind und wo ich ihnen vorgespielt habe, diesen Augen, in Gedanken, und jetzt bin ich von Schmerz verbrannt in diesem Bordell neben diesem schönen Mädchen, um das mich die ganze glorreiche deutsche Wehrmacht beneiden würde. Und ich bin froh, daß ich leide, ich bin froh, daß ich vor Schmerz bald umsinke, ich bin glücklich, weil ich leide, wahnsinnig leide, weil ich hoffen darf, daß mir alles verziehen wird, daß ich nicht bete, bete, bete, nur bete und auf den Knien liege, die letzten zwölf Stunden vor meinem Tode. Aber wo könnte ich denn auf den Knien liegen? Nirgendwo in der Welt könnte ich ungestört auf den Knien liegen. Ich werde Olina sagen, daß sie Wache halten soll an der Tür, und ich werde sechshundert Mark für das Klavier bezahlen lassen von Willi, und zweihundertfünfzig Mark für die schöne Opernsängerin ohne die Streichhölzer, und ich werde Olina eine Flasche Wein stiften, damit es ihr nicht langweilig wird ...

»Was ist denn?« fragt Olina. Ihre sanfte Stimme ist erstaunt, seitdem er nein gerufen hat.

Er blickt sie an, und es ist schön, ihre Augen zu sehen. Graue, sehr sanfte, traurige Augen. Er muß ihr antworten.

»Nichts«, sagt er, und dann fragt er plötzlich, und es ist eine wahnsinnige Anstrengung, aus diesem mit dem Gift des Schmerzes gefüllten Mund die wenigen Worte herauszuzwingen: »Hast du das Klavier zu Ende studiert?«

»Nein«, sagt sie kurz, und es ist sicher grausam, sie zu fragen, dann wirft sie die Zigarette in den großen blechernen Aschenbecher, den sie zwischen die beiden Sessel auf den Boden gesetzt hat, und dann fragt sie wieder sehr leise und sanft: »Soll ich dir erzählen?«

»Ja«, sagt er, und er wagt nicht, sie anzusehen, denn er hat Angst vor diesen grauen Augen, die ganz ruhig sind.

»Gut«, aber sie spricht noch nicht. Sie blickt auf den Boden, er spürt, wie sie den Kopf hebt, und sie fragt plötzlich: »Wie alt bist du?«

»Im Februar würde ich vierundzwanzig«, sagt er leise.

»Im Februar würdest du vierundzwanzig. Du würdest ... wirst nicht?«

Er sieht sie erstaunt an. Wie feine Ohren sie hat! Und plötzlich weiß er, daß er es ihr sagen wird, ihr allein wird er es sagen. Sie ist der einzige Mensch, der alles erfahren soll, daß er sterben wird, morgen früh, kurz vor sechs, oder kurz nach sechs in ...

»Ach«, sagt er, »ich rede nur so. Welcher Ort«, fragt er plötzlich, »liegt vierzig Kilometer hinter Lemberg auf ... auf Czernowitz zu?« ...

Sie ist immer mehr erstaunt. »Stryj«, sagt sie.

Stryj? Welch seltsamer Name, denkt Andreas, ich muß ihn auf der Karte übersehen haben. Um Gottes willen, ich muß noch für die Juden von Stryj beten. Hoffentlich sind noch Juden in Stryj ... Stryj ... das wird es also sein, er wird vor Stryj sterben ... nicht einmal Stanislau, nicht einmal Kolomea und lange, lange nicht Czernowitz. Stryj! Das ist es! Vielleicht ist es gar nicht auf der Karte drauf, die Willi gehört hat ...

»Vierundzwanzig wirst du im Februar«, sagt Olina, »komisch, ich auch.« Er sieht sie an. Sie lächelt. »Ich auch«, sagt sie, »ich bin am zwölften Februar neunzehnhundertundzwanzig geboren.«

Sie blicken sich lange an, sehr lange, und ihre Augen versinken ineinander, und dann beugt Olina sich zu ihm, und da der Abstand zwischen den Sesseln zu groß ist, steht sie auf, kommt auf ihn zu und will ihn umarmen ... aber er wehrt ab. »Nein«, sagt er still, »nicht das, sei nicht böse, später ... ich erkläre es dir ... ich ... ich bin am fünfzehnten Februar geboren ...«

Sie raucht wieder, es ist gut, daß sie nicht gekränkt ist. Sie lächelt. Sie denkt, er hat ja die ganze Nacht das Zimmer gemietet und mich. Und es ist erst sechs, noch nicht ganz sechs . . .

»Du wolltest mir doch erzählen«, sagt Andreas.

»Ja«, sagt sie, »wir sind beide gleich alt, das ist schön. Zwei Tage bin ich älter als du. Ich bin sicher deine Schwester . . .« Sie lacht. »Vielleicht bin ich wirklich deine Schwester.«

»Erzähl doch bitte.«

»Ja«, sagt sie, »ich erzähle ja. In Warschau bin ich aufs Konservatorium gegangen. Du wolltest doch von meinen Studien hören, nicht wahr?«

»Ja!«

»Kennst du Warschau?«

»Nein.«

»Gut. Also. Warschau ist eine große Stadt, eine schöne Stadt, und das Konservatorium war in einem Haus wie dieses hier. Nur der Garten war größer, viel größer. In den Pausen konnten wir in diesem schönen großen Garten spazierengehen und poussieren. Sie sagten, ich sei sehr begabt. Ich ging in die Klavierklasse. Ich hätte lieber erst nur Cembalo gespielt, aber das lehrte keiner, und so mußte ich in die Klavierklasse gehen. Als Aufnahmeprüfung mußte ich eine ganz kleine, einfache Beethoven-Sonate spielen. Das war gefährlich. Diese einfachen kleinen Sachen verschmiert man so leicht, oder man macht sie zu pathetisch. Das ist sehr schwer, diese einfachen Sachen zu spielen. Es war Beethoven, weißt du, Beethoven war es ja, aber ein sehr früher, fast noch ganz klassischer, fast noch Haydn. Ein ganz raffiniertes Stück für eine Aufnahmeprüfung, verstehst du?«

»Ja«, sagt Andreas, und er spürt, daß er bald weinen wird.

»Gut, ich bestand mit Sehr gut. Ich lernte und musizierte bis . . . na . . . bis der Krieg kam. Klar, das war Herbst neununddreißig, zwei Jahre, da hab ich viel gelernt und viel poussiert. Ich hab immer gern geküßt und alles, weißt du? Ich konnte schon ganz gut Liszt spielen, und Tschaikowskij. Aber Bach habe ich nie so richtig gekonnt. Ich hätte gern Bach gespielt. Und Chopin konnte ich auch ganz gut. Gut.

Dann kam der Krieg ... ach, da war ein Garten hinter dem Konservatorium, so ein wunderbarer Garten, da waren Bänke und Lauben, und manchmal hatten wir Feste, da wurde musiziert und getanzt ... einmal ein Mozartfest ... ein wunderbares Mozartfest. Mozart konnte ich auch schon ganz gut spielen. Nun, es kam eben der Krieg!«

Sie bricht ganz plötzlich ab, und Andreas blickt sie fragend an. Sie sieht böse aus. Die Haare sträuben sich über dieser Fragonardstirn.

»Mein Gott«, sagt sie ärgerlich, »mach mit mir, was die anderen auch machen. Dieser Quatsch!«

»Nein«, sagt Andreas, »du mußt erzählen.«

»Das«, sagt sie mit gerunzelter Stirn, »das kannst du nicht bezahlen.«

»Doch«, sagt er, »ich werde mit gleicher Münze bezahlen. Ich werde dir auch erzählen. Alles ...«

Aber sie schweigt. Sie starrt auf den Boden und schweigt. Er blickt sie von der Seite an und denkt: sie sieht doch wie eine Dirne aus. Die Lust sitzt in jeder Faser dieses hübschen Gesichtes, und sie ist keine unschuldige Schäferin, eine sehr verworfene Schäferin. Es ist wahnsinnig schmerzlich zu sehen, daß sie doch eine Hure ist. Der Traum war sehr schön. Sie könnte irgendwo im Gare Montparnasse stehen. Und es ist gut, daß der Schmerz wieder da ist. Eine Zeitlang war er ganz weg. Es war schön, ihre sanfte Stimme zu hören, die vom Konservatorium erzählte ...

»Es ist langweilig«, sagt sie plötzlich. Sie sagt das sehr gleichgültig.

»Wir wollen Wein trinken«, sagt Andreas.

Sie steht auf, geht geschäftsmäßig zum Schrank und fragt gleichgültig: »Was möchtest du trinken?« Sie blickt in den Schrank und zählt auf: »Da ist roter und weißer, Moselwein, glaub ich.«

»Gut«, sagt er, »trinken wir Mosel.«

Sie bringt die Flasche, schiebt einen kleinen Tisch heran, reicht ihm den Korkenzieher und setzt Gläser auf, während er die Flasche öffnet. Er blickt sie dabei an, dann gießt er ein, sie stoßen an, und er lächelt in ihr böses Gesicht.

»Wir trinken auf unseren Jahrgang«, sagt er, »neunzehnhundertundzwanzig.«

Sie lächelt gegen ihren Willen. »Das ist gut, aber ich erzähle nichts mehr.«

»Soll ich erzählen?«

»Nein«, sagt sie, »ihr könnt nur vom Krieg erzählen. Das höre ich schon zwei Jahre. Immer Krieg. Wenn ihr es hinter euch habt . . . dann fangt ihr an vom Krieg zu erzählen. Es ist langweilig.«

»Was möchtest du denn?«

»Ich möchte dich verführen, du bist unschuldig, nicht wahr?«

»Ja«, sagt Andreas und erschrickt, so plötzlich springt sie auf.

»Ich habe es ja gewußt«, schreit sie, »ich habe es ja gewußt.« Er sieht ihr erregtes, rotes Gesicht, ihre Augen, die ihn anblitzen, und er denkt: es ist merkwürdig, noch keine Frau, die ich je gesehen habe, habe ich so wenig begehrt wie diese, die schön ist und die ich sofort haben könnte. Ach, manchmal ist es durch mich gezuckt, ohne daß ich es wußte und wollte, daß es wirklich schön ist, eine Frau zu besitzen. Aber noch keine habe ich so wenig begehrt wie diese. Ich werde es ihr erzählen, alles werde ich ihr erzählen . . .

»Olina«, sagt er und deutet auf das Klavier, »Olina, spiel die kleine Beethoven-Sonate.«

»Versprich mir, daß du mich . . . daß du mich lieben wirst.«

»Nein«, sagt er ruhig, »setz dich hierher.« Er zwingt sie in den Sessel, und sie blickt ihn stumm an.

»Paß auf«, sagt er, »ich werde dir jetzt erzählen.«

Er blickt nach draußen und sieht, daß die Sonne untergegangen ist und daß nur noch ein kleiner Rest von Licht über diesen Gärten liegt. Es wird nicht mehr lange dauern, und es wird kein Sonnenlicht mehr draußen in den Gärten sein, und es wird nie mehr, nie mehr die Sonne scheinen, keinen einzigen Strahl der Sonne wird er mehr sehen. Die letzte Nacht bricht an, und der letzte Tag ist vergangen wie alle anderen, ungenützt und sinnlos. Ein bißchen nur gebetet und Wein getrunken und nun in einem Bordell. Er wartet, bis es dunkel geworden ist. Er weiß nicht, wie lange es gedauert hat, er hat das Mädchen vergessen, er hat den Wein vergessen, das ganze Haus, und er sieht nur oben irgendwo einen Waldrest, auf dessen Baumspitzen noch einige letzte Spritzer der Sonne liegen, die jetzt versinkt, nur ein paar winzige Spritzer der Sonne. Einige rötliche Lichter, die köstlich sind, unsagbar schön auf diesen Baumspitzen. Eine winzige Krone von Licht, das letzte Licht, das er sehen wird. Nicht mehr … doch, noch ein wenig, ein ganz klein wenig auf dem höchsten der Bäume, der am weitesten hinausragt und noch etwas auffangen kann von dem goldenen Schein, der nur noch eine halbe Sekunde da ist … bis nichts mehr sein wird. Immer noch, denkt er mit stockendem Atem … immer noch etwas Licht da oben auf der Baumspitze … ein lächerlicher kleiner Schimmer von Sonnenlicht, und ich bin der einzige Mensch auf der Welt, der darauf achtet. Immer noch … immer noch, es ist wie ein Lächeln, das sehr langsam erlischt … immer noch, und Schluß! Das Licht ist aus, die Laterne ist verschwunden, und ich werde sie nie mehr sehen …

»Olina«, sagt er leise, und er spürt, daß er jetzt sprechen kann, und er weiß, daß er sie besiegen wird, weil es dunkel ist. Eine Frau kann man nur im Dunkeln besiegen. Seltsam, denkt er, ob das wirklich wahr ist? Er hat das Gefühl, daß Olina nun ihm gehört, ihm ausgeliefert ist. »Olina«, sagt er leise, »morgen früh muß ich sterben. Ja«, sagt er ruhig in ihr erschrecktes Gesicht, »keine Angst! Morgen früh muß ich sterben. Du bist die erste und die einzige, die es erfährt. Ich weiß es. Ich muß sterben. Eben ist die Sonne untergegangen. Kurz vor Stryj werde ich sterben …«

Sie springt auf und sieht ihn entsetzt an. »Du bist verrückt«, murmelt sie mit bleichem Gesicht.

»Nein«, sagt er, »ich bin nicht verrückt, es ist so, du mußt es glauben. Du mußt glauben, daß ich nicht verrückt bin und daß ich morgen früh sterben werde, und du mußt mir jetzt die kleine Beethoven-Sonate spielen.«

Sie starrt ihn an und murmelt entsetzt: »Das ... das gibt es doch nicht.«

»Ich weiß es jetzt ganz sicher, und du hast mir das letzte Gewisse gesagt, Stryj, das ist es. Dieser furchtbare Name Stryj. Was ist das für ein Wort? Stryj? Warum muß ich vor Stryj sterben? Warum hieß es erst zwischen Lemberg und Czernowitz ... dann Kolomea ... dann Stanislau ... dann Stryj. Du hast Stryj gesagt, und ich habe gleich gewußt, daß es das ist. Halt«, ruft er, sie ist zur Tür gesprungen und blickt ihn mit entsetzten Augen an. »Du mußt bei mir bleiben«, sagt er, »du mußt bei mir bleiben. Ich bin ein Mensch, und ich kann es nicht allein ertragen. Bleib bei mir, Olina. Ich bin nicht verrückt. Schrei nicht.« Er hält ihr den Mund zu. »Mein Gott, was kann ich tun, um dir zu beweisen, daß ich nicht verrückt bin? Was kann ich tun? Sag mir, was ich tun kann, um dir zu beweisen, daß ich nicht verrückt bin?« Aber sie hört vor Angst gar nicht, was er sagt. Sie blickt ihn nur an mit ihren erschreckten Augen, und er begreift plötzlich, welch einen entsetzlichen Beruf sie hat. Wenn er wirklich verrückt wäre, dann stände sie jetzt da und wäre machtlos. Sie wird in ein Zimmer geschickt, und es werden zweihundertfünfzig Mark für sie bezahlt, weil sie die »Opernsängerin« ist, eine sehr kostbare, kleine Puppe, und sie muß in das Zimmer gehen wie ein Soldat an die Front. Sie muß, auch wenn sie die Opernsängerin ist, eine sehr kostbare, kleine Puppe. Ein schreckliches Leben. Sie wird in ein Zimmer geschickt und weiß nicht, wer drin ist. Ein Alter, ein Junger, ein Häßlicher oder ein Hübscher, ein Schwein oder ein Unschuldiger. Sie weiß es nicht und geht in das Zimmer, und nun steht sie da und hat Angst, nur Angst, und sie hört vor Angst nicht, was er sagt. Es ist wirklich eine Sünde, in ein Bordell zu gehen, denkt er. Da werden sie einfach in ein Zimmer geschickt ... Er streichelt leise diese Hand, an der er sie festgehalten hat, und es ist seltsam, daß die Angst in ihren Augen nun geringer wird. Er streichelt weiter, und es ist ihm, als streichle er ein Kind. Keine Frau habe ich so wenig begehrt wie diese. Ein Kind ... und er sieht plötzlich dieses arme, kleine, schmutzige und verschmierte Mädchen in der Vorstadt von Berlin, das zwischen Baracken spielt, wo kümmerliche Gärten sind, und sie haben ihm seine Puppe in eine Pfütze geworfen, die anderen ... und sind weggelaufen. Und er bückt sich und zieht die Puppe aus der Pfütze, sie trieft von schmutzigem Wasser, eine schlaksige, ausgeleierte, billige Stoffpuppe, und er muß das Kind lange streicheln und es darüber trösten, daß die arme Puppe nun naß geworden ist ... ein Kind ...

»Gut«, fragt er, »nicht wahr?« Sie nickt, und es stehen Tränen in ihren Augen. Er führt sie sanft zu dem Sessel zurück. Der Dämmer ist schwer und traurig geworden.

Sie setzt sich gehorsam, ihn immer noch etwas ängstlich im Auge behaltend. Er schenkt ihr ein. Sie trinkt. Dann seufzt sie schwer auf. »Mein Gott, hast du mich erschreckt«, sagt sie und trinkt mit einem durstigen Zug das Glas leer.

»Olina«, sagt er, »du bist jetzt dreiundzwanzig Jahre alt. Denk doch mal, ob du fünfundzwanzig sein wirst, verstehst du?« sagt er eindringlich. »Stell dir vor: ich bin fünfundzwanzig Jahre alt. Das ist Februar neunzehnhundertfünfundvierzig, Olina. Versuch es, denk in dich hinein.« Sie schließt die Augen, und er sieht an ihren Lippen, daß sie leise vor sich hinsagt, auf polnisch etwas, was heißen muß: Februar neunzehnhundertfünfundvierzig.

»Nein«, sagt sie, wie erwachend, und schüttelt den Kopf, »da ist nichts, als ob es das nicht gäbe – komisch.«

»Siehst du«, sagt er, »und wenn ich denke: Sonntag mittag, morgen mittag, das gibt es für mich nicht mehr. So ist es. Ich bin nicht verrückt.« Er sieht, wie sie wieder die Augen schließt und etwas leise vor sich hinspricht ...

»Seltsam«, sagt sie leise. »Auch Februar neunzehnhundertundvierundvierzig gibt es nicht mehr ...«

»Ach«, sagt sie plötzlich, »warum willst du nicht lieben?

Warum willst du nicht mit mir tanzen?« Sie springt zum Klavier und setzt sich hin. Und dann spielt sie: »Ich tanze mit dir in den Himmel hinein, in den siebenten Himmel der Liebe...«

Andreas lächelt. »Spiel doch die Beethoven-Sonate ... spiel ein...«

Aber sie spielt noch einmal: Ich tanze mit dir in den Himmel hinein, in den siebenten Himmel der Liebe. Sie spielt das sehr leise, so leise, wie der Dämmer jetzt durch den offenen Vorhang ins Zimmer sinkt. Sie spielt diesen sentimentalen Schlager ohne Sentimentalität, das ist seltsam. Die Töne wirken hart, fast punktiert, sehr leise, fast so, als mache sie unversehens aus diesem Bordellklavier ein Cembalo. – Cembalo, denkt Andreas, das ist das richtige Instrument für sie, sie muß Cembalo spielen...

Es ist nicht mehr dieser Schlager, den sie spielt, und doch ist es nur dieser Schlager. Wie schön ist dieser Schlager, denkt Andreas. Unheimlich, was sie aus diesem Schlager macht. Vielleicht hat sie auch Komposition studiert, und sie macht aus diesem kleinen Schlager eine Sonate, die im Dämmer hängt. Manchmal, zwischendurch, punktiert sie die alte Melodie hinein, ganz rein und klar, ohne Sentimentalität: Ich tanze mit dir in den Himmel hinein, in den siebenten Himmel der Liebe. Manchmal, zwischen den sanften, spielerischen Wellen, läßt sie das Thema wie eine steinerne Klippe aufsteigen.

Es ist jetzt fast dunkel geworden, es wird kühl, aber es ist ihm alles gleichgültig; dieses Spiel ist so schön, daß er nicht aufstehen würde, um das Fenster zu schließen; selbst wenn dreißig Grad Kälte dort aus den Lemberger Gärten auf ihn zukämen, er würde nicht aufstehen... Vielleicht ist es ein Traum, daß neunzehnhundertdreiundvierzig ist und daß ich im grauen Rock der Armee Hitlers hier in einem Lemberger Bordell sitze; vielleicht ist das ein Traum, vielleicht bin ich im siebzehnten Jahrhundert geboren oder im achtzehnten, und ich sitze im Salon meiner Geliebten, und sie spielt auf dem Cembalo nur für mich, alle Musik der Welt nur für mich … es ist ein Schloß irgendwo in Frankreich oder in Westdeutschland, und ich höre Cembalo in einem Salon des achtzehnten Jahrhunderts, gespielt von einer, die mich liebt, die nur für mich spielt, nur für mich. Die ganze Welt gehört mir in diesem Dämmer; gleich werden die Kerzen angezündet, wir werden keinen Diener rufen … keinen Diener … ich werde die Kerzen mit einem Fidibus anzünden, mit meinem Soldbuch am Kamin werde ich den Fidibus anzünden. Nein, es brennt kein Kamin, ich werde selbst den Kamin anzünden, feucht und kühl kommt es aus dem Garten, aus dem Schloßpark, ich werde an dem Kamin knien, werde das Holz liebevoll aufschichten, werde mein ganzes Soldbuch zerknüllen und werde anzünden mit den Streichhölzern, die sie aufgeschrieben hat. Diese Streichhölzer werden mit der Lemberger Hypothek bezahlt. Ich werde zu ihren Füßen knien, denn sie wird mit liebevoller Ungeduld darauf warten, daß das Feuer im Kamin entzündet wird. Ihre Füße sind kalt geworden am Cembalo; lange, lange hat sie bei dieser feuchten Kühle am offenen Fenster gesessen und für mich gespielt, meine Schwester, sie hat so schön gespielt, daß ich nicht aufstehen mochte, um das Fenster zu schließen … und ich werde ein schönes helles Feuer machen, und keinen Diener werden wir brauchen, nur keinen Diener! Es ist gut, daß die Tür verschlossen ist …

Neunzehnhundertdreiundvierzig. Schreckliches Jahrhundert; welche scheußlichen Kleider werden die Männer tragen; sie werden den Krieg verherrlichen und schmutzfarbene Kleider im Krieg tragen, wir, wir haben den Krieg nicht verherrlicht, er war ein ehrliches Handwerk, bei dem man manchmal um seinen guten Lohn betrogen wurde; und wir haben bei diesem Handwerk bunte Kleider getragen, so wie ein Arzt bunte Kleider trägt und ein Bürgermeister … und eine Dirne; sie, sie werden abscheuliche Kleider tragen und werden den Krieg verherrlichen und ihn für ihre Vaterländer schlagen: scheußliches Jahrhundert; neunzehnhundertdreiundvierzig …

Wir haben die ganze Nacht, die ganze Nacht. Eben erst ist der Abenddämmer in den Garten gesunken, die Tür ist verschlossen und nichts kann uns stören; das ganze Schloß gehört uns; Wein und Kerzen und ein Cembalo! Achtundeinhalb Scheine ohne die Streichhölzer; Millionen in Nikopol! Nikopol! Nichts! ... Kischinew ... Nichts ... Czernowitz? Nichts! ... Kolomea? Nichts! ... Stanislau? Nichts! Stryj ... Stryj ... dieser schreckliche Name, der wie ein Strich ist, ein blutiger Strich an meinem Hals! In Stryj werde ich ermordet. Jeder Tod ist ein Mord, jeder Tod im Kriege ist ein Mord, für den irgendeiner verantwortlich ist. In Stryj!

Ich tanze mit dir in den Himmel hinein, in den siebenten Himmel der Liebe!

Es ist gar kein Traum, der zu Ende geht mit dem letzten Ton dieser melodischen Paraphrase, es zerreißt nur ein schwaches Gespinst, das über ihn geworfen war, und jetzt erst, am offenen Fenster, in der Kühle des Dämmers spürt er, daß er geweint hat. Er hat das nicht gewußt und nicht gefühlt, aber sein Gesicht ist naß, und die sanften, sehr kleinen Hände von Olina trocknen es, die kleinen Ströme sind über sein Gesicht gelaufen und haben sich an dem geschlossenen Kragen seiner Feldbluse gesammelt und fast gestaut; sie öffnet den Haken und trocknet mit einem Tuch seinen Hals. Sie trocknet die Wangen und die Augenhöhlen, und er ist froh, daß sie nichts sagt ...

Eine seltsam nüchterne Heiterkeit erfüllt ihn. Das Mädchen knipst Licht an, schließt das Fenster mit abgewendetem Gesicht, und es ist möglich, daß auch sie geweint hat. Diese keusche Freude habe ich noch nie gekannt, denkt er, während sie zum Schrank geht. Immer habe ich nur begehrt, ich habe einen unbekannten Leib begehrt, und diese Seele habe ich begehrt, aber hier begehre ich nichts ... Es ist seltsam, daß ich das in einem Lemberger Bordell lernen muß, am letzten Abend meines Lebens, an der Schwelle der letzten Nacht meines irdischen Lebens, das in Stryj morgen früh beendet wird mit einem blutigen Strich ...

»Leg dich«, sagt Olina. Sie deutet auf das kleine Sofa, und er sieht jetzt, daß sie einen elektrischen Kocher angeschaltet hat in diesem geheimnisvollen Schrank.

»Ich werde Kaffee kochen«, sagt sie, »und währenddessen werde ich dir erzählen . . .«

Er legt sich, und sie sitzt neben ihm. Sie rauchen, und der Aschenbecher steht bequem auf einem Hocker, so daß beide ihn erreichen können. Er braucht nur ganz leicht die Hand auszustrecken.

»Ich brauche dir nicht zu sagen«, beginnt sie leise, »daß du nichts davon irgend jemand erzählen darfst. Selbst wenn du . . . wenn du nicht sterben würdest – niemals würdest du dieses Geheimnis preisgeben. Ich weiß es. Ich habe schwören müssen bei Gott und allen Heiligen und bei unserem polnischen Vaterland, niemand etwas zu sagen, aber wenn ich es dir sage, so ist es, als ob ich es mir selber sage, und ich kann dir nichts verschweigen, wie ich mir nichts verschweigen kann!« Sie steht auf und gießt das brodelnde Wasser sehr langsam und liebevoll in eine kleine Kanne. Zwischendurch lächelt sie ihm zu, wenn sie kleine Pausen macht, ehe sie schluckweise weitergießt, und er sieht jetzt, daß auch sie geweint hat. Dann füllt sie die Tassen, die neben dem Aschenbecher stehen.

»Der Krieg kam neunzehnhundertneununddreißig. In Warschau wurden meine Eltern unter den Trümmern unseres großen Hauses begraben, und ich stand allein da im Garten des Konservatoriums, wo ich poussiert hatte, und der Direktor wurde verschleppt, weil er Jude war. Und ich, ich hatte einfach keine Lust mehr, Klavier zu lernen. Die Deutschen hatten uns alle irgendwie vergewaltigt, alle, uns alle.« Sie trinkt Kaffee, auch er nimmt einen Schluck. Sie lächelt ihn an.

»Es ist seltsam, daß du ein Deutscher bist und daß ich dich nicht hasse.« Sie schweigt wieder lächelnd, und er denkt, es ist merkwürdig, wie schnell sie besiegt ist. Als sie zum Klavier ging, wollte sie mich verführen, und als sie das erste Mal spielte: 'Ich tanze mit dir in den Himmel hinein, in den siebenten Himmel der Liebe, das war noch sehr unklar. Während sie spielte, hat sie geweint...

»Ganz Polen«, fährt sie fort, »ist eine Widerstandsbewegung. Ihr ahnt ja nichts. Niemand ahnt den vollen Umfang. Es gibt kaum einen unpatriotischen Polen. Wenn einer von euch irgendwo in Warschau oder Krakau seine Pistole verkauft, so müßte er wissen, daß er damit so viel Leben seiner Kameraden verkauft, als die Pistole Munition hat. Wenn irgendwo, irgendwo«, sagt sie leidenschaftlich, »ein General oder ein Oberschütze bei einem Mädchen schläft, und er erzählt ihr nur, daß sie bei Kiew oder Lubkowitz, oder was weiß ich, keine Verpflegung gekriegt haben, oder daß sie nur drei Kilometer zurückgegangen sind, dann ahnt er nicht, daß das registriert wird und daß das Herz des Mädchens mehr frohlockt als über die zwanzig oder zweihundertfünfzig Zloty, die sie für ihre scheinbare Hingabe bekommen hat. Es ist so leicht, bei euch Spionin zu sein, daß mich das schnell anekelte. Man braucht nur zuzupacken. Ich verstehe das nicht.«

Sie schüttelte den Kopf und blickt ihn fast verächtlich an.

»Ich verstehe das nicht. Ihr seid das geschwätzigste Volk der Welt und sentimental bis in die Zehenspitzen. Bei welcher Armee bist du?«

Er nennt ihr die Zahl.

»Nein«, sagt sie, »er war von einer anderen Armee. Ein General, der mich manchmal hier besuchte. Er redete wie ein sentimentaler Pennäler, der ein bißchen viel getrunken hat. ›Meine Jungens‹, stöhnte er, ›meine armen Jungens!‹ Und ein wenig später quasselte er mir vor Geilheit allerlei daher, was ungeheuer wichtig war. Er hat viele seiner armen Jungens auf dem Gewissen... und er hat viel erzählt. Und dann... dann«, sagt sie stockend, »dann war ich wie Eis...«

»Manche hast du auch geliebt?« fragt Andreas, und es ist sehr seltsam, denkt er, daß mir das weh tut, daß sie manchmal auch geliebt haben kann. »Ja«, sagt sie, »manchmal habe ich wirklich geliebt, nicht viele.« Sie blickt ihn an, und er sieht, daß sie wieder weint. Er faßt ihre Hand, richtet sich auf und gießt mit der anderen Kaffee ein...

»Soldaten«, sagt sie leise, »ja. Manche Soldaten hab ich geliebt... und ich hab gewußt, daß es gleichgültig war, wenn sie auch Deutsche waren, die ich doch eigentlich alle hassen mußte. Weißt du, wenn ich mich ihnen schenkte, fühlte ich mich ganz ausgeschaltet aus dem furchtbaren Spiel, an dem wir alle teilnehmen und an dem ich in einem besonderen Maße teilgenommen hatte. Das Spiel: andere in den Tod schicken, die man nicht kennt. Siehst du«, flüstert sie, »irgend so einer, ein Obergefreiter oder ein General, erzählt mir hier was, und ich berichte es weiter – eine Maschinerie wird in Bewegung gesetzt und irgendwo sterben Menschen, weil ich es weiter-erzählt habe, verstehst du?« Sie blickt ihn wie irr an. »Ver-stehst du? Oder du, du sagst irgendeinem auf dem Bahnhof: Fahr mit dem Zug, Kumpel, fahr mit dem statt mit dem – und gerade der Zug wird überfallen und dein Kumpel stirbt, weil du ihm gesagt hast: Fahr mit dem Zug. Deshalb war es so schön, sich ihnen einfach zu schenken, einfach hinzugeben, nichts tun als sich hingeben. Ich habe sie nichts gefragt für unser Mosaik und nichts gesagt, ich hab sie lieben müssen. Und es ist schrecklich, daß sie nachher immer traurig sind...«

»Mosaik«, fragt Andreas heiser, »was ist das?«

»Die ganze Spionage ist ein Mosaik. Es wird alles zusam-mengetragen und numeriert, jedes kleinste Fetzchen, das wir erwischen, bis das Bild vollständig ist ... langsam wird das ausgefüllt ... und viele dieser Mosaike geben das ganze Bild ... von euch ... von eurem Krieg ... eurer Armee ...«

»Weißt du«, sagt sie und blickt ihn sehr ernst an, »das ist furchtbar, daß alles so sinnlos ist. Überall werden nur Unschuldige ermordet. Überall. Auch von uns. Irgend-wie hab ich das immer gewußt ...«, sie wendet den Blick von ihm ab, »weißt du, aber das ist erschreckend, daß ich es erst richtig begriffen habe, seitdem ich hier ins Zimmer trat und dich sah. Deinen Rücken, deinen Nacken, da in der goldenen Sonne.« Sie deutet zum Fenster, wo die beiden Sessel stehen.

»Ich weiß das. Als ich hierhergeschickt wurde, als die Alte zu mir sagte: In der Bar wartet jemand auf dich. Nicht viel rauszuholen, glaub ich, aber er zahlt wenigstens gut. Als sie das sagte, hab ich gedacht: Du wirst schon etwas aus ihm rausholen. Oder es ist einer, den du lieben kannst. Keiner von den Opfern, es gibt ja nur Opfer und Henker. Und als ich dich sah, da am Fenster stehen, deinen Rücken, deinen Nacken, deine gebeugte junge Gestalt, als wärest du viele tausend Jahre alt, da erst fiel mir ein, daß auch wir nur die Unschuldigen morden ... nur Unschuldige ...«

Furchtbar lautlos ist dieses Weinen. Andreas steht auf, streicht ihr im Vorbeigehen über den Nacken und geht zum Klavier. Sie blickt ihm erstaunt nach. Ihre Tränen sind sofort versiegt, sie sieht ihm zu, wie er da sitzt, auf dem Klavierstuhl, und auf die Tasten starrt, seine Hände angstvoll gespreizt, und in seinem Gesicht steht eine schreckliche Falte quer über der Stirn, eine schmerzliche Falte.

Er hat mich vergessen, denkt sie, er hat mich vergessen, das ist furchtbar, daß sie uns immer vergessen in den Augenblikken, wo sie ganz sie selbst sind. Er denkt nicht mehr an mich, er wird nie mehr an mich denken. Morgen früh wird er sterben in Stryj ... und er wird keinen Gedanken mehr an mich verschwenden.

Er ist der erste und einzige, den ich liebe. Der erste. Er ist jetzt ganz allein. Er ist wahnsinnig traurig und allein. Diese Falte quer über seiner Stirn, die schneidet ihn entzwei, sein Gesicht ist blaß vor Schreck, und er hat die Hände gespreizt, als müsse er ein furchtbares Tier anfassen ... Wenn er doch spielen könnte, wenn er doch spielen könnte, wäre er wieder bei mir. Der erste Ton wird ihn mir wiedergeben. Mir, mir, mir gehört er ... er ist mein Bruder, ich bin zwei Tage älter als er. Wenn er doch spielen könnte. Es sitzt wie ein grausamer Krampf in ihm, spreizt seine Hände, macht ihn bleich wie den Tod und macht ihn so maßlos unglücklich. Nichts mehr ist da von alledem, was ich ihm hab schenken wollen bei meinem Spiel ... bei meinem Erzählen, nichts mehr davon ist bei ihm. Alles weg, nur noch sein Schmerz ist bei ihm.

Und wirklich, als er plötzlich mit einer wilden Wut im Gesicht auf die Tasten schlägt, da blickt er auf, und sein erster Blick gilt ihr. Er lächelt sie an, und sie hat noch nie ein so glückliches Gesicht gesehen wie dieses über dem schwarzen Rücken des Klaviers in dem matten gelben Schein der Lampe. Ach, wie ich ihn liebe, denkt sie. Wie glücklich er ist, er gehört mir, in diesem Zimmer bis morgen früh ...

Sie hat gedacht, er wird etwas ganz Verrücktes spielen, etwas Wildes von Tschaikowskij oder Liszt oder einen dieser herrlich tanzenden Chopins, weil er wie ein Wahnsinniger in die Tasten geschlagen hat.

Nein, er spielt eine Sonatine von Beethoven. Ein zartes, kleines, sehr gefährliches Stück, und sie fürchtet einen Augenblick lang, daß er es »verschmieren« wird. Aber er spielt sehr schön, sehr vorsichtig, fast ein wenig zu vorsichtig, als vertraue er seiner Kraft nicht. So liebevoll spielt er, und sie hat noch nie ein so glückliches Gesicht gesehen wie das Soldatengesicht da über dem spiegelnden Rücken des Klaviers. Er spielt die Sonatine etwas unsicher, aber rein, so rein, wie sie sie noch nie gehört hat, sehr klar und sauber.

Sie hofft, daß er weiterspielen wird. Es ist schön; sie hat sich auf das Sofa gelegt, wo er gelegen hat, und sieht die Zigarette im Aschenbecher verqualmen: Sie möchte so gerne ziehen, aber sie wagt nicht, sich zu bewegen; die geringste Bewegung könnte diese Musik zerstören; und am schönsten ist dieses sehr glückliche Soldatengesicht über dem schwarzen, glänzenden Rücken des Klaviers ...

»Nein«, sagt er lachend, als er aufsteht, »es ist nicht mehr viel. Es hat keinen Zweck. Man muß eben gelernt haben, und ich habe nichts gelernt.« Er beugt sich über sie und trocknet ihre Tränen, und er ist froh, daß sie geweint hat. »Nein«, sagt er leise, »bleib liegen. Ich wollte dir doch auch erzählen.«

»Ja«, flüstert sie, »erzähl mir und gib mir Wein.«

Wie glücklich ich bin, denkt er, als er zum Schrank geht. Ich bin wahnsinnig glücklich, obwohl ich feststellen mußte, daß es nichts war mit dem Klavier. Es ist kein Wunder an mir geschehen. Ich bin nicht plötzlich Pianist geworden. Es ist vorbei, und doch bin ich glücklich. Er blickt in den Schrank und fragt, indem er den Kopf zurückbeugt: »Welchen willst du?«

»Roten«, sagt sie lächelnd, »jetzt Roten.«

Er nimmt eine dickbauchige Flasche aus dem Schrank, dann sieht er den Zettel und den Bleistift und blickt auf das Papier. Oben steht etwas Polnisches, das sind die Streichhölzer, und da steht deutsch »Mosel« und davor ein polnisches Wort, das sicher Flasche bedeutet. Welch eine reizende Schrift sie hat, denkt er, eine hübsche weiche Schrift, und er schreibt unter Mosel »Bordeaux« und macht dort, wo sie polnisch Flasche geschrieben hat, Pünktchen. »Hast du wirklich aufgeschrieben?« fragt sie lächelnd, während er den Wein eingießt.

»Ja.«

»Du würdest nicht einmal eine Puffmutter betrügen.«

»Doch«, sagt er, und er sieht plötzlich den Dresdner Hauptbahnhof und hat mit schmerzlicher Deutlichkeit den Geschmack des Dresdner Hauptbahnhofs auf der Zunge, und er sieht den dicken rotbackigen Leutnant. »Doch, ich habe einen Leutnant betrogen.« Er erzählt ihr die Geschichte. Sie lacht. »Aber das ist doch nicht schlimm.«

»Doch«, sagt er, »das ist sehr schlimm. Ich hätte das nicht tun sollen, ich hätte ihm nachrufen sollen: Ich bin nicht taub. Ich habe geschwiegen, weil ich bald sterben muß und weil er mich so angebrüllt hat ... weil ich voll Schmerz war. Ich war auch zu faul. Ja«, sagt er leise, »ich war wirklich zu faul, es zu tun, weil es so schön war, den Geschmack des Lebens im Mund zu haben. Ich wollte es erst klarstellen, ich weiß ganz genau, ich dachte: du darfst nicht zulassen, daß ein Mensch sich deinetwegen erniedrigt fühlt, und wenn es auch ein nagelneuer Leutnant ist, sogar mit nagelneuen Orden auf der Brust. Das darfst du nicht zulassen, hab ich gedacht, und ich seh ihn noch vor mir, wie er verlegen und betroffen, knallrot davongeht mit seinem grinsenden Schwarm von Untergebenen. Ich sehe seine dicken Arme und seine armen Schultern. Wenn ich an seine armen, dummen Schultern denke, muß ich fast weinen. Aber ich war zu faul, nur zu faul, den Mund zu öffnen. Es war nicht einmal Angst, nur Faulheit. Ach, hab ich gedacht, wie schön ist doch das Leben, diese wimmelnde Masse da. Der eine fährt zu seiner Frau, der andere zu seiner Geliebten, und sie fährt zu ihrem Sohn, und es ist Herbst, wunderbar, und dieses Pärchen da, das auf die Sperre zugeht, wird sich küssen heute abend oder heute nacht unter den sanften Bäumen unten an der Elbe.« Er seufzt. »Ich werde dir erzählen, wen alles ich betrogen habe!«

»Ach«, sagt sie, »nein. Erzähl mir etwas Schönes . . . und mehr!« Sie lacht. »Wen wirst du schon betrogen haben?«

»Ich will die Wahrheit erzählen. Alles, was ich gestohlen und wen ich betrogen habe . . .« Er schenkt wieder ein, stößt mit ihr an, und in dieser Sekunde, wo sie sich über dem Rand der Gläser anblicken, lächelnd, nimmt er ihr schönes Gesicht ganz in sich hinein. Ich darf es nicht verlieren, denkt er, nie mehr verlieren, sie gehört mir.

Ich liebe ihn, denkt sie, ich liebe ihn . . .

»Mein Vater«, sagt er leise, »mein Vater ist an den Folgen einer schweren Verwundung gestorben, die er noch drei Jahre hinter dem Krieg hat herschleppen müssen. Ich war ein Jahr alt, als er starb. Und meine Mutter folgte ihm bald. Mehr weiß ich nicht davon. Man hat mir das alles erzählt, eines Tages, als man mir sagen mußte, daß die Frau, die ich immer für meine Mutter gehalten hatte, gar nicht meine Mutter war. Ich wuchs bei einer Tante, bei einer Schwester meiner Mutter, die einen Rechtsanwalt geheiratet hatte, auf. Er verdiente viel Geld, aber wir waren immer schrecklich arm. Er trank. Für mich war es so selbstverständlich, daß ein Mann morgens immer mit schwerem Schädel und mißmutig am Frühstückstisch saß, daß ich später, als ich andere Männer,

Väter meiner Freunde kennenlernte, dachte, es wären gar keine Männer. Männer, die nicht jeden Abend besoffen waren und morgens beim Kaffee hysterische Szenen machten, das war für mich ein Begriff, den es nicht gab. ›Ein Ding, was nichts ist‹, wie Hoynhyms bei Swift sagen. Ich dachte, wir sind geboren, um uns anbrüllen zu lassen. Die Frauen sind geboren, um sich anbrüllen zu lassen, mit den Gerichtsvollziehern zu kämpfen, mit Händlern fürchterliche Streitfälle auszufechten und irgendwo einen neuen Kredit aufzutun. Meine Tante war ein Genie. Sie war ein Genie im Kreditauftun. Wenn alles vollständig verloren schien, wurde sie ganz still, nahm ein Pervitin und sauste ab, und wenn sie wiederkam, hatte sie Geld. Und ich hielt sie für meine Mutter; und dieses dicke, aufgeschwemmte Ungeheuer mit aufgeplatzten Äderchen an der Backe hielt ich für meinen biederen Erzeuger. Er hatte eine gelbliche Augenfarbe und den widerlichen Geruch von Bier im Hals, er stank wie alte Hefe. Ich hielt ihn für meinen Vater. Wir bewohnten eine prachtvolle Villa, hatten ein Mädchen und alles, und meine Tante hatte oft keinen Groschen, um eine Teilstrecke mit der Straßenbahn zu fahren. Und mein Onkel war ein berühmter Rechtsanwalt. Ist das nicht langweilig?« fragt er plötzlich, als er aufsteht, um die Gläser neu zu füllen. »Nein«, flüstert sie, »nein, erzähl weiter.« Es sind nur zwei Sekunden, die er braucht, um vorsichtig die schlanken Gläser neu zu füllen, die auf diesem Rauchtisch stehen, aber sie sieht seine Hände und das blasse schmale Gesicht und denkt, wie mag er ausgesehen haben, damals, als er fünf oder sechs Jahre alt war oder dreizehn, an diesem Frühstückstisch. Diesen fetten, versoffenen Burschen kann sie sich gut denken, der an der Marmelade herummäkelt und nur Wurst essen möchte. Wenn sie gesoffen haben, möchten sie nur Wurst essen. Und die Frau, vielleicht zart, und dieser blasse kleine Bursche dabei, ganz schüchtern, der vor Angst kaum zu essen wagt und nicht zu husten wagt, obwohl ihm der schwere Zigarrenrauch in der Kehle liegt, der husten möchte und es nicht wagt, weil das versoffene, fette Ungeheuer dann rasend wird, weil der berühmte Rechtsanwalt seine Nerven verliert, wenn er diesen Kinderhusten hört . . .

»Deine Tante«, sagt sie, »wie sah sie aus? Beschreib mir genau deine Tante!«

»Meine Tante war sehr klein und zart.«

»Sie glich deiner Mutter?«

»Ja, sie glich sehr meiner Mutter, den Bildern nach. Später, als ich größer wurde und so manches wußte, hab ich immer gedacht, das muß doch furchtbar sein, wenn er . . . wenn er sie umarmt, dieser große schwere Kerl mit seinem Atem und diesen geplatzten Äderchen auf den prallen Backen und auf der Nase, das sieht sie dann doch ganz, ganz nah, und diese großen, gelblichen, verschwommenen Augen und alles. Dieses Bild hat mich monatelang verfolgt, wenn ich nur einmal daran dachte. Und ich dachte doch, es wäre mein Vater, und quälte mich nächtelang mit der Frage: Warum heiraten sie solche Männer. Und . . .«

»Und auch sie hast du betrogen, deine Tante, wie?«

»Ja«, sagt er. Er schweigt eine Sekunde und blickt an ihren Augen vorbei. »Das war furchtbar. Weißt du, als er einmal schwer krank war, Leber und Nieren und Herz, alles war ja bei ihm vollkommen kaputt. Da lag er im Krankenhaus, und wir sind in einer Taxe hingefahren an einem Sonntagmorgen, weil er operiert werden sollte. Die Sonne schien ganz herrlich, und ich war furchtbar unglücklich. Und die Tante hat schrecklich geweint, und immer hat sie mir zugeflüstert: ich solle doch beten, daß alles gutgeht. Immer wieder hat sie es mir zugeflüstert, und ich hab es ihr versprechen müssen. Und ich habe es nicht getan. Ich war neun Jahre alt, und ich wußte schon, daß er gar nicht mein Vater war, und ich habe nicht gebetet, daß es gutgehen sollte. Ich konnte es einfach nicht. Ich habe nicht gebetet, daß es nicht gutgehen sollte. Nein, vor diesem Gedanken schreckte ich zurück. Aber gebetet, daß es gutgehen sollte, hab ich nicht. Unwillkürlich hab ich nur immer gedacht, wie schön es sein würde, wenn . . . ja, das hab ich gedacht. Das ganze Haus für uns und keine

Szenen mehr und alles ... und ich hatte doch meiner Tante versprochen, für ihn zu beten. Ich habe es nicht gekonnt. Ich habe nur immer, immer gedacht: mein Gott, warum heiraten sie solche Männer, warum heiraten sie solche Männer?«

»Weil sie sie lieben«, fällt Olina plötzlich ein.

»Ja«, sagt er erstaunt, »du weißt es. Sie hat ihn geliebt, hatte ihn geliebt und liebte ihn immer noch. Damals sah er ja anders aus, er war Referendar, und es gab ein Bild von ihm, wo er kurz nach dem Examen geknipst war. Im Stürmer, weißt du? Das waren solche Studentenmützen. Grauenhaft. Neunzehnhundertundsieben. Da sah er anders aus, aber nur äußerlich.«

»Wie?«

»Nur äußerlich, weißt du. Ich fand, daß seine Augen die-selben waren. Nur sein Bauch war eben noch nicht so dick. Aber ich fand ihn auch auf diesem Jugendbild furchtbar. Ich hätte ihm angesehen, wie er mit fünfundvierzig aussehen würde, ich hätte ihn nicht geheiratet. Und sie liebte ihn immer noch, obwohl er ein Wrack war, sie quälte, sie sogar betrog. Sie liebte ihn ganz bedingungslos. Ich verstehe das nicht ...«

»Du verstehst das nicht?« Er blickt sie wieder erstaunt an. Sie hat sich aufgerichtet, die Beine herunterfallen lassen und sitzt nun nahe vor ihm ...

»Du verstehst das nicht?« fragt sie eifrig.

»Nein«, sagt er erstaunt.

»Dann kennst du die Liebe nicht. Ja«, sie blickt ihn an, und er fürchtet sich plötzlich vor diesem ernsten, leidenschaft-lichen, ganz veränderten Gesicht. »Ja«, sagt sie wieder. »Bedingungslos! Die Liebe ist doch immer bedingungslos. Hast du«, fragt sie leise, »hast du denn nie eine Frau geliebt?«

Er schließt plötzlich die Augen. Wieder spürt er den Schmerz tief und schwer. Auch das, denkt er, auch das muß ich ihr erzählen. Kein Geheimnis darf bleiben zwischen ihr und mir, und ich hatte gehofft, ich würde es behalten dürfen, diese Erinnerung an ein unbekanntes Gesicht, diese Hoff-nung, dieses Geschenk würde mein eigen bleiben, und ich würde es mitnehmen können. Er hat die Augen immer noch geschlossen, und es ist ganz still. Er zittert vor Pein. Nein, denkt er, laß es mich doch behalten. Das ist mein eigenstes Eigentum, und ich habe dreiundeinhalb Jahr nur davon gelebt ... nur von dieser Zehntelsekunde auf dem Berge hinter Amiens. Warum mußte sie so tief und unfehlbar in mich hineinstoßen? Warum mußte sie die wohlbehütete Narbe aufstoßen mit einem Wort, das in mich eindringt wie eine Sonde, die Sonde eines unfehlbaren Arztes ...

Ja, denkt sie, das ist es also. Er liebt eine andere. Er zittert, er spreizt die Hände und schließt die Augen, und ich habe ihm weh getan. Denen, die man liebt, muß man am meisten weh tun, das ist das Gesetz der Liebe. Es schmerzt ihn so sehr, daß er nicht weinen kann. Es gibt einen Schmerz, so groß, daß die Tränen machtlos sind, denkt sie. Ach, warum bin ich nicht die andere, die er liebt. Warum kann ich nicht diese Seele und diesen Körper vertauschen. Nichts, nichts möchte ich behalten von mir, ich würde mich selbst ganz hingeben, wenn ich nur die ... nur die Augen der anderen hätte. In dieser Nacht vor seinem Tode, in dieser letzten Nacht auch für mich, denn wenn er nicht mehr ist, wird mir alles gleichgültig sein ... ach, könnte ich nur ihre Wimpern haben, ihre Wimpern vertauschen gegen mich selbst ganz ...

»Ja«, sagt er leise. Seine Stimme ist ohne Gefühl, die Stimme eines fast Toten. »Ja, ich habe sie so geliebt, daß ich meine Seele verkauft hätte, um nur eine Sekunde ihren Mund zu spüren. Jetzt erst weiß ich das, in dem Augenblick, wo du mich fragst. Und vielleicht durfte ich sie deshalb nie kennen. Ich hätte einen Mord begangen, um nur den Saum ihres Kleides zu sehen, wenn sie um eine Straßenecke ging. Nur etwas, etwas Wirkliches. Und gebetet habe ich, jeden Tag für sie gebetet. Alles erlogen und alles Selbstbetrug, denn ich glaubte, nur ihre Seele zu lieben. Nur ihre Seele! Und ich hätte alle diese Tausende Gebete verkauft für einen einzigen Kuß von ihren Lippen. Das weiß ich jetzt erst.« Er steht plötzlich auf, und sie ist froh, daß seine Stimme jetzt wieder menschlich wird, eine Menschenstimme, die leidet und lebt. Wieder muß sie denken, daß er jetzt allein ist, daß er jetzt nicht mehr an sie denkt, er ist wieder allein.

»Ja«, sagt er ins Zimmer hinein, »nur ihre Seele glaubte ich geliebt zu haben. Aber was ist eine Seele ohne Leib, was ist eine Menschenseele ohne Leib? Ich konnte nicht ihre Seele begehren mit aller, aller wahnsinnigen Leidenschaft, deren ich fähig war, ohne zu wünschen, daß sie wenigstens einmal, einmal mir nur zugelächelt hätte. Ach«, er schlägt mit der Hand durch die Luft, »immer nur die Hoffnung, immer nur die Hoffnung, daß sie einmal leibhaftig werden könnte«, er schreit, »immer nur die wahnsinnige Bürde der Hoffnung! Wie spät ist es?« Er schnauzt sie plötzlich an, und obwohl er sie rauh und rasch anfährt wie eine Magd, ist sie doch froh, daß sie nun merkt, er hat ihre Gegenwart wenigstens nicht vergessen. »Verzeih«, fügt er rasch hinzu, indem er ihre Hand ergreift, aber sie hat ihm schon verziehen, sie hat ihm schon vorher verziehen. Sie blickt auf die Uhr und lächelt. »Elf Uhr.« Und ein großes Glück erfüllt sie, erst elf Uhr. Noch nicht Mitternacht, nicht einmal Mitternacht, das ist herrlich, das ist wirklich schön, das ist wunderbar. Sie ist froh wie ein ausgelassenes Kind, springt auf und tanzt durchs Zimmer: Ich tanze mit dir in den Himmel hinein, in den siebenten Himmel der Liebe . . .

Er sieht ihr zu und denkt: es ist doch merkwürdig, daß ich ihr nicht böse sein kann. Ich bin vor Schmerz fast tot, todkrank, und sie tanzt, obwohl sie teilgenommen hat an meinem Schmerz, und ich kann nicht böse sein, nein . . .

»Weißt du was«, fragt sie plötzlich innehaltend, »wir müssen etwas essen, das ist es.«

»Nein«, sagt er erschreckt. »Nicht.«

»Warum?«

»Weil du dann gehen mußt. Nein, nein«, ruft er schmerzlich, »du darfst mich keine Sekunde verlassen. Ich kann ohne dich . . . ohne dich . . . ich kann ohne dich nicht mehr leben . . .«

»Wie«, fragt sie, und sie weiß nicht, welches Wort ihre Lippen bilden, denn es ist eine wahnwitzige Hoffnung in ihr aufgetaucht ...

»Ja«, sagt er jetzt leise, »du darfst nicht weggehen.«

Nein, denkt sie, es ist nichts. Nicht ich bin es, die er liebt. Und laut sagt sie: »Ich brauche ja nicht weg! Im Schrank ist auch was zu essen.«

Es ist wunderbar, daß irgendwo in einer Schublade dieses Schrankes Keks liegen und Käse, der in Silberpapier eingewickelt ist. Welch ein herrliches Mahl, Keks und Käse und Wein. Die Zigarette schmeckt ihm nicht. Der Tabak ist trocken und irgendwie schmeckt er widerwärtig nach Militär.

»Gib mir eine Zigarre«, sagt er, und es ist natürlich auch eine Zigarre da. Eine ganze Kiste richtiger Majorszigarren, alles für die Lemberger Hypothek. Es ist schön, dort zu stehen, auf dem weichen Teppich, und zuzusehen, wie Olina mit sanften und liebevollen Händen das kleine Mahl auf dem Rauchtisch zurechtsetzt. Als sie fertig ist, wendet sie sich plötzlich um und blickt ihn lächelnd an: »Du könntest ohne mich nicht mehr leben?«

»Ja«, sagt er und sein Herz ist so schwer, daß er nicht lachen kann, und er denkt: ich müßte jetzt hinzufügen: ich liebe dich nämlich, und das wäre wahr und wäre nicht wahr. Wenn ich es sagte, dann müßte ich sie küssen, und das wäre gelogen, alles wäre gelogen, und doch könnte ich reinen Herzens sagen: ich liebe dich, aber ich müßte eine lange, lange Erklärung abgeben, eine Erklärung, die ich selbst noch nicht weiß. Immer noch ihre Augen, sehr sanft und liebevoll und glücklich, das Gegenteil von jenen Augen, die ich begehrt habe ... noch begehre ... und er sagt noch einmal in ihre Augen hinein: »Ich könnte ohne dich nicht mehr leben«, und er lächelt jetzt ...

Im gleichen Augenblick, wo sie wieder ihre Gläser heben, um anzustoßen und zu trinken auf ihren Jahrgang oder ihr verpfuschtes Leben, im gleichen Augenblick beginnen ihre Hände heftig zu zittern; sie setzen wieder ab und blicken sich verstört um: es hat an die Tür geklopft ...

Andreas hält Olinas Arm zurück und steht langsam auf. Er geht zur Tür, er braucht nur drei Sekunden bis zur Tür. Das ist also das Ende, denkt er. Sie nehmen sie mir weg, sie wollen nicht, daß sie bei mir bleibt bis zum Morgen. Die Zeit lebt noch und die Welt dreht sich. Willi und der Blonde liegen irgendwo im Bett hier bei einem Mädchen, die Alte lauert unten auf Geld, ihr Sparbüchsenmund ist stets geöffnet, leise geöffnet. Was soll ich tun, wenn ich allein bin? Ich werde nicht einmal mehr beten können, nicht einmal auf den Knien liegen. Ich kann ohne sie nicht leben, ich liebe sie doch. Sie dürfen es nicht ...

»Ja«, fragt er leise.

»Olina«, sagt die Stimme der Alten, »ich muß Olina sprechen.«

Andreas blickt sich um, bleich und entsetzt. Ich will die fünf Stunden ja noch abgeben, wenn ich nur noch eine halbe Stunde bei ihr bleiben darf. Sie sollen sie haben. Aber ich möchte ja nur noch eine halbe Stunde bei ihr sein und sie sehen, nur sehen, vielleicht spielt sie auch noch was. Wenn es nur ist: Ich tanze mit dir in den Himmel hinein ...

Olina lächelt ihm zu, und er weiß bei diesem Lächeln, daß sie bei ihm bleiben wird, wie es auch kommen mag. Und doch hat er Angst, und er weiß jetzt, während Olina leise den Schlüssel herumdreht, daß er sich nicht von dieser Angst um sie trennen möchte. Daß er auch diese Angst liebt. »Laß mir wenigstens deine Hand«, flüstert er, als sie hinausgehen will, und sie läßt ihm ihre Hand, und er hört, daß sie draußen mit der Alten auf polnisch hastig und hitzig zu flüstern beginnt. Die beiden Frauen kämpfen miteinander. Die Sparbüchse kämpft mit Olina. Er blickt ängstlich in ihre Augen, als sie zurückkommt, ohne die Tür zu schließen. Er läßt ihre Hand nicht los. Auch sie ist bleich geworden, und er sieht, daß die Zuversicht nicht mehr groß ist ...

»Der General ist da. Er bietet zweitausend. Er ist ganz toll. Er muß unten herumtoben. Hast du noch Geld? Wir müssen den Unterschied ersetzen, sonst ...«

»Ja«, sagt er; er krempelt hastig seine Taschen aus. Es sind noch Scheine drin, die er Willi beim Spiel abgewonnen hat. Olina zwitschert irgend etwas auf polnisch durch die Tür. »Schnell«, flüstert sie. Sie zählt das Geld. »Dreihundert, nicht wahr? Ich habe ja nichts! Nichts!« sagt sie leidenschaftlich. »Doch, hier ist ein Ring, das sind fünfhundert. Mehr ist er nicht wert. Achthundert.«

»Der Mantel«, sagt Andreas, »hier.«

Olina geht zur Tür mit den dreihundert, dem Ring und dem Mantel. Sie ist noch weniger zuversichtlich, als sie zurückkommt.

»Den Mantel rechnet sie für vier, nur vier – nicht mehr. Und den Ring sechs, Gott sei Dank, sechs. Dreizehnhundert. Hast du nichts mehr? Schnell!« flüstert sie. »Wenn er ungeduldig wird und raufkommt, sind wir verloren.«

»Das Soldbuch«, sagt er.

»Ja, gib her. Ein echtes Soldbuch ist viel wert.«

»Und die Uhr.«

»Ja«, sie lacht nervös, »die Uhr. Du hast noch eine Uhr. Geht sie?«

»Nein«, sagt er.

Olina geht zur Tür mit dem Soldbuch und der Uhr. Wieder erregtes polnisches Geflüster. Andreas läuft ihr nach. »Hier ist noch ein Pullover«, ruft er, »eine Hand, ein Bein. Können Sie kein Menschenbein gebrauchen, ein wunderbares, prachtvolles Menschenbein ... ein Bein von einem fast unschuldigen Menschen? Können Sie das nicht gebrauchen? Für den Rest. Bleibt noch ein Rest?« Er ruft das ganz sachlich, ohne Erregung, und hat immer noch Olinas Hand in der seinen.

»Nein«, sagt draußen die Stimme der Alten. »Aber Ihre Stiefel. Ihre Stiefel würden genügen für den Rest.«

Es ist mühsam, die Stiefel auszuziehen. Es ist sehr mühsam, wenn man sie vier Tage an den Beinen hat. Aber es gelingt ihm, ebenso wie es ihm gelungen ist, sie schnell anzuziehen, wenn das Gebrüll der Russen sich bedrohlich der Stellung näherte. Er zieht die Stiefel aus und gibt sie durch Olinas kleine Hand hinaus.

Und die Tür ist wieder zu. Olina steht mit zitterndem Gesicht vor ihm. »Ich habe ja nichts«, weint sie, »meine Kleider gehören der Alten. Mein Leib auch, und meine Seele, meine Seele will sie nicht. Seelen will nur der Teufel, und die Menschen sind schlimmer als der Teufel. Verzeih mir«, weint sie, »ich hab ja nichts.«

Andreas zieht sie zu sich und streichelt leise ihr Gesicht. »Komm«, flüstert er, »komm, ich will dich lieben ...« Aber sie hebt das Gesicht und lächelt. »Nein«, flüstert sie, »nein, laß das, es ist ja nicht wichtig.«

Wieder kommen die Schritte durch den Gang draußen zurück, die zielsicheren Schritte, aber es ist seltsam, daß sie jetzt keine Angst mehr haben. Sie lächeln sich an.

»Olina«, ruft die Stimme vor der Tür.

Wieder dieses polnische Gezwitscher. Olina fragt lächelnd zurück: »Wann mußt du gehen?«

»Um vier.«

Sie schließt die Tür, ohne den Schlüssel umzudrehen, kommt zurück und sagt: »Um vier holt mich der Wagen des Generals ab.«

Sie räumt den Käse weg, über den ihre zitternden Hände den Wein gegossen haben, rafft das beschmutzte Tischtuch und ordnet alles neu. Die Zigarre ist nicht erloschen, denkt Andreas, der ihr zusieht. Die Welt war nahe am Untergang, aber die Zigarre ist nicht erloschen, und ihre Hände sind ruhiger als je. »Kommst du?«

Ja, er setzt sich ihr gegenüber, legt die Zigarre weg, und sie blicken einige Minuten schweigend und fast errötend aneinander vorbei, weil es ihnen furchtbar beschämend ist, zu wissen, daß sie beten, beide beten, hier in diesem Bordell, auf dieser Couch ...

»Jetzt ist Mitternacht«, sagt sie, als sie zu essen beginnen ... Jetzt ist Sonntag, denkt Andreas ... Sonntag, und er setzt plötzlich sein Glas nieder und legt den angebissenen Keks auf den Tisch, ein fürchterlicher Krampf lähmt Kinnbacken und Hände und scheint auch die Augen zu blenden; ich will nicht sterben, denkt er, und ohne es zu wissen, stammelt er auch wie ein weinendes Kind: »Ich ... ich will nicht sterben.«

Das ist doch Wahnsinn, daß ich jetzt so deutlich den Geruch von Farbe rieche ... ich war damals doch kaum sieben Jahre alt, als sie die Gartenzäune angestrichen haben: es war der erste Ferientag, und Onkel Hans war verreist, es hatte nachts geregnet, und nun schien die Sonne in diesem feuchten Garten ... es war so wunderbar ... so schön, und ich konnte vom Bett aus ganz deutlich den Garten riechen und den Geruch von Farbe, denn die Anstreicher waren schon dabei, die Gartenzäune mit grüner Farbe zu streichen ... und ich durfte im Bett bleiben ... ich hatte ja Ferien, Onkel Hans war verreist, und ich sollte Schokolade zum Frühstück kriegen, Tante Marianne hatte es mir abends versprochen, weil sie doch wieder neuen Kredit hatte ... wenn wir neuen Kredit hatten, ganz neuen, dann kauften wir erst etwas Gutes. Und diesen Geruch von Farbe, den spüre ich doch ganz deutlich, das ist doch Wahnsinn ... es kann hier doch unmöglich nach grüner Farbe riechen. Da, dieses bleiche Gesicht, das ist Olina, eine polnische Dirne und Spionin ... nichts hier im Zimmer kann so grausam nach Farbe riechen und diesen Tag meiner Kindheit so deutlich heraufbeschwören. »Ich will nicht sterben«, stammelt sein Mund, »ich will das alles nicht verlassen ... niemand kann mich zwingen, in diesen Zug zu steigen, der nach ... Stryj fährt, niemand auf der Welt. Mein Gott, vielleicht wäre es barmherzig, wenn ich den Verstand verlöre. Aber laß mich ihn nicht verlieren! Nein, nein! Auch wenn es wahnsinnig schmerzt, diesen Geruch der grünen Farbe nun zu riechen, laß mich lieber diesen Schmerz kosten als verrückt werden ... und Tante Mariannes Stimme, die mir sagt, daß ich liegenbleiben darf ... Onkel Hans ist ja verreist ...«

»Was ist das«, fragt er plötzlich erschreckt. Olina ist aufgestanden, ohne daß er es gemerkt hat, sie sitzt am Klavier, und ihre Lippen zittern in dem blassen Gesicht.

»Regen«, sagt sie leise, und es scheint, daß es ihr unsagbar mühsam ist, den Mund zu öffnen, sie findet kaum die Kraft, eine Geste zum Fenster hin zu machen.

Ja, dieses sanfte Rauschen, das mit Gewalt plötzlichen Orgelbrausens ihn erweckte, das ist Regen ... es regnet in den Bordellgarten ... und auch auf die Bäume, auf denen er zum letzten Male die Sonne gesehen hat. »Nein«, schreit er, als Olina die Tasten berührt, »nein«, aber dann spürt er die Tränen, und er weiß, daß er noch nie im Leben geweint hat ... diese Tränen sind das Leben, ein wilder Strom, der sich aus unzähligen Bächen gebildet hat ... alles strömt da zusammen und quillt schmerzhaft aus ... die grüne Farbe, die nach Ferien riecht ... und Onkel Hansens schreckliche Leiche, aufgebahrt im Herrenzimmer, umwölkt von schwüler Kerzenluft ... viele, viele Abende mit Paul und die schmerzlichschönen Versuche am Klavier ... Schule und Krieg, Krieg ... Krieg, und das unbekannte Gesicht, das er begehrt, hat ... und in diesem blendenden feuchten Strom schwimmt wie eine zuckende Scheibe blaß und schmerzlich das einzig Wirkliche: Olinas Gesicht.

Das alles vermag eine winzige Melodie von Schubert, daß ich weine, wie ich nie im Leben geweint habe, weine, wie ich vielleicht nur geweint habe bei meiner Geburt, als dieses grelle Licht mich zerschneiden wollte ... Plötzlich klingt ein Akkord an sein Ohr, der ihn erschrecken läßt, bis ins tiefste Herz, das ist Bach, sie hat doch nie Bach spielen können ...

Das ist wie ein Turm, der sich von innen her aus sich selbst aufstapelt in immer neuen Stockwerken. Er wächst und reißt ihn mit, als sei er aus dem tiefsten Grund der Erde emporgeschleudert von einem plötzlich aufbrechenden Quell, der mit wilder Gewalt an düsteren Zeitaltern vorbei hinauf will ins Licht, ins Licht. Ein schmerzliches Glück erfüllt ihn, wie er so gegen seinen Willen und doch wissend und bewußt hochgetragen wird von diesem reinen und gewaltsam sich aufstapelnden Turm; scheinbar spielerisch umkräuselt von einer schwerelos scheinenden schmerzlichen Heiterkeit, fühlt er sich getragen, und doch muß er alle Mühe und allen Schmerz des Kletternden spüren; das ist Geist, das ist Klarheit, nicht mehr viel menschliche Verirrung; ein unheimlich sauberes, klares Spiel von zwingender Gewalt. Das ist doch Bach, sie hat doch nie Bach spielen können ... vielleicht spielt sie gar nicht ... vielleicht spielen die Engel ... die Engel der Klarheit ... sie singen in immer feineren helleren Türmen ... Licht, Licht, o Gott ... dieses Licht ...

»Halt«, schreit er entsetzt, und Olinas Hände spreizen sich von den Tasten, als habe seine Stimme sie weggerissen ...

Er reibt sich die schmerzende Stirn, und er sieht, daß das Mädchen da unter der sanften Lampe nicht nur erschreckt ist von seiner Stimme; sie ist erschöpft, sie ist müde, unendlich müde, unsagbar hohe Türme hat sie erklettern müssen mit ihren zarten Händen ... sie ist nur müde, die Mundwinkel zucken wie bei einem Kind, das vor Müdigkeit nicht einmal mehr weinen kann; ihr Haar hat sich gelöst ... blaß ist sie und tiefe Schatten umranden die Augen ...

Andreas geht auf sie zu, umfaßt sie und bettet sie auf das Sofa; dann schließt sie die Augen und seufzt, leise, sehr leise schüttelt sie den Kopf, als wollte sie sagen: nur Ruhe ... nichts will ich als nur ein wenig ruhen ... Frieden, und es ist gut, daß sie einschläft ... ihr Gesicht sinkt zur Seite ...

Andreas stützt seinen Kopf zwischen die Hände auf den kleinen Tisch und spürt, daß auch er unendlich müde ist. Es ist Sonntag, denkt er, es ist ein Uhr, noch drei Stunden, und ich darf nicht schlafen, ich will nicht schlafen, ich soll nicht schlafen; und er betrachtet sie innig und liebevoll. Dieses reine, sanfte, müde, kleine, blasse Mädchengesicht, das im Glück des Schlafes nun ganz unmerklich lächelt. Ich darf nicht schlafen, denkt Andreas, und er spürt doch, daß die Müdigkeit unerbittlich auf ihn niedersinkt ... ich darf nicht schlafen. Gott, laß nicht zu, daß ich einschlafe, laß mich ihr Gesicht sehen ... Ich mußte, mußte hierherkommen in dieses Lemberger Bordell, um zu erfahren, daß es eine Liebe gibt ohne Begehren, so wie ich Olina liebe ... ich darf nicht einschlafen, ich muß diesen Mund sehen ... diese Stirn und diese erschöpften, goldenen, zarten Haarstreifen über ihrem Gesicht und die dunklen Schatten namenloser Erschöpfung um ihre Augen. Sie hat Bach gespielt, bis an die Grenzen des Menschlichen. Ich darf nicht einschlafen ... es ist so kühl ... schon wartet die grausame Unfreundlichkeit des Morgens hinter den dunklen Vorhängen der Nacht ... es ist kühl, und ich habe nichts, um sie zuzudecken ... meinen Mantel habe ich verscheuert, und die Tischdecke haben wir beschmutzt ... sie liegt irgendwo mit Weinflecken. Meinen Rock, ich könnte meinen Rock über sie decken ... über den Ausschnitt ihres Kleides könnte ich meine Feldbluse decken, aber er spürt zugleich, daß er einfach zu müde ist, sich zu erheben und den Rock auszuziehen ... nicht den Arm kann ich heben, und ich darf nicht einschlafen; ich habe noch so unendlich viel zu tun ... so unendlich viel zu tun. Nur ein wenig ruhen hier mit den Armen auf dem Tisch, dann will ich ja aufstehen, meine Feldbluse über sie decken und will beten ... will beten, knien vor dieser Couch, die so viele Sünden gesehen hat, knien vor diesem reinen Gesicht, von dem ich lernen mußte, daß es eine Liebe ohne Begehren gibt ... ich darf nicht einschlafen ... nein, nein, ich darf nicht einschlafen ...

Sein erwachender Blick ist wie ein Vogel, der plötzlich stirbt hoch oben im Flug und stürzt, stürzt in die Unendlichkeit der Verzweiflung; aber Olinas lächelnde Augen fangen ihn auf. Er hat wahnsinnige Angst gehabt, daß es zu spät ist ... zu spät, hinzueilen zu der Stelle, wohin er gerufen ist. Zu spät, zu dem einzig lohnenden Stelldichein zu eilen. Ihr lächelnder Blick fängt ihn auf, und sie beantwortet die stumme, immer noch gequälte Frage und sagt leise:

»Es ist halb vier ... keine Angst!« Und jetzt erst spürt er, daß ihre leichte Hand auf seinem Kopf liegt.

Ihr Gesicht liegt auf der gleichen Ebene mit seinem, und er brauchte nur eine winzige Kopfbewegung zu machen, um sie zu küssen. Es ist schade, denkt er, daß ich sie nicht begehre, schade, daß es kein Opfer für mich ist, sie nicht zu begehren ... kein Opfer, sie nicht zu küssen und nicht zu wünschen, daß ich versinke in ihrem scheinbar geschändeten Schoß . . .

Und er berührt ihre Lippen mit den seinen, und es ist nichts. Sie blicken sich erstaunt lächelnd an. Da ist nichts. Es ist wie das Abprallen eines hilflosen Geschosses an einem Panzer, den sie selbst nicht kennen.

»Komm«, sagt sie leise, »ich muß sehen, daß du etwas an die Füße bekommst, nicht wahr?«

»Nein«, sagt Andreas, »verlaß mich nicht, keine Sekunde darfst du mich verlassen. Laß doch die Schuhe. Ich kann auch in den Strümpfen sterben, viele sind in den Strümpfen gestorben. Abgehauen in panischem Schrecken, als der Russe plötzlich vor der Stellung stand, und mit schweren Wunden im Rücken gestorben, das Gesicht nach Deutschland, Wunde im Rücken, schlimmste Schande aller Spartaner. So sind viele gestorben, laß doch die Schuhe, ich bin so müde . . .«

»Nein«, sagt sie und blickt auf ihre Armbanduhr, »ich hätte die Uhr abgeben können, und du hättest deine Stiefel behalten. Man meint immer, man hätte nichts mehr abzugeben, und meine Uhr habe ich wirklich vergessen. Ich werde meine Uhr gegen deine Stiefel eintauschen, wir brauchen sie ja dann nicht mehr . . . nichts mehr . . .«

»Nichts mehr«, wiederholt er leise, und er hebt den Blick und umschreibt das Zimmer, und jetzt erst sieht er, daß es jämmerlich ist, alte Tapeten und eine ärmliche Einrichtung: alte Sessel dort am Fenster und eine düstere Liegestatt.

»Ja«, sagt Olina leise, »ich werde dich retten. Erschrick nicht!« Sie lächelt in sein bleiches müdes Gesicht. »Diesen Wagen des Generals schickt uns der Himmel. Hab nur Vertrauen und glaube mir: Wohin ich dich auch führen werde, es wird das Leben sein. Glaubst du mir?« Andreas nickt verstört, und sie wiederholt in sein Gesicht hinein wie eine Beschwörung: »Wohin ich dich auch führen werde, es wird das Leben sein. Komm!« Ihre Hände liegen auf seinem Kopf. »Es gibt winzige Nester in den Karpaten, wo uns niemand finden wird. Ein paar Häuser, eine kleine Kapelle, und nicht einmal Partisanen. In eins bin ich manchmal hingefahren, habe ein wenig zu beten versucht und hab auf dem alten Stutzflügel des Pfarrers musiziert. Hörst du?« Sie sucht seinen Blick, der wieder über die beschmierte Tapete irrt, auf der Flaschen zerschlagen und klebrige Finger abgewischt worden sind. »Musizieren . . . hörst du?«

»Ja«, stöhnt er, »aber die anderen, die beiden. Ich kann sie nicht mehr allein lassen. Unmöglich.«

»Das geht nicht. Nein!«

»Und der Fahrer«, fragt er, »was hattest du mit dem Fahrer vor?« Sie stehen einander gegenüber, und es ist etwas wie Feindschaft zwischen ihren Augen. Olina versucht zu lächeln. »Von heute ab«, sagt sie leise, »von jetzt ab werde ich keinen Unschuldigen mehr den Henkersknechten ausliefern. Ach, du mußt mir vertrauen. Es wäre nicht zu schwer gewesen mit dir allein. Einfach irgendwo halten zu lassen und fliehen . . . weg! Frei . . . und weg! Aber mit deinen beiden, das wird nicht gehen.«

»Gut, dann mußt du mich allein lassen. Nein«, er hebt den Arm, um sie zum Schweigen zu bringen, »ich sage dir nur: verhandeln kann ich nicht darüber. Entweder – oder. Du mußt das verstehen, ja«, sagt er in ihre ernsten Augen hinein, »du hast sie doch geliebt, manche, du mußt das verstehen, nicht wahr?«

Langsam und schwer sinkt Olinas Kopf auf die Brust, und Andreas begreift erst, daß das ein Nicken ist, als sie sagt: »Gut . . . ich will es versuchen . . .«

Während Olina, die Tür in der Hand, auf ihn wartet, überblickt er noch einmal diese schmutzige, kleine, polnische Bar, dann folgt er ihr in den mattbeleuchteten Flur. Aber selbst das Zimmer, die Bar, war noch glänzend gegen diesen Flur am Morgen. Dieser höhnische, kalte, graue Morgendunst im Flur eines Bordells, um vier Uhr. Diese Zimmertüren wie in einer Kaserne, alle gleich. Alle gleich schäbig. Und diese elende, elende Armseligkeit.

»Komm«, sagt Olina. Sie stößt eine dieser Türen auf, und

da ist ihr Zimmer: sehr kläglich mit den Notwendigkeiten ihres Handwerks; ein Bett, ein kleiner Tisch und zwei Stühle und eine Waschschüssel, die in einem dünnbeinigen Dreifuß ruht, neben dem Dreifuß eine Wasserkanne und ein kleiner Schrank an der Wand. Nur das Notwendigste, wie in einer Kaserne . . .

Es ist alles so unwirklich, auf dem Bett zu sitzen und zuzusehen, wie Olina ihre Hände wäscht, wie sie aus dem Schrank Schuhe nimmt, ihre roten Pantoffeln abstreift und die Schuhe überzieht. Ach, da ist auch ein Spiegel, in dem sie ihre Schönheit erneuern kann. Sie hat die Tränenspuren wegzuwischen und neu sich zu pudern, denn es gibt nichts Schaurigeres als eine verweinte Hure. Sie muß neues Rot auf die Lippen legen und die Augenbrauen nachziehen, die Fingernägel säubern, alles das geht flink wie bei einem Soldaten, der sich alarmbereit macht.

»Du mußt Vertrauen haben«, sagt sie im verständlichsten Plauderton, »ich werde dich retten, hörst du? Es wird schwer sein, wenn du die anderen unbedingt mitnehmen willst, aber ich werde es können. Man kann viel . . .«

Laß mich nicht verrückt werden, betet Andreas, laß mich nicht verrückt werden an diesem grausamen Versuch, die Wirklichkeit zu begreifen. Das alles kann nicht sein, dieses Bordellzimmer, schäbig und fahl im Morgen, voll gräßlicher Gerüche, und dieses Mädchen da im Spiegel, das leise etwas summt, mir vorsummt, während ihre Finger geschickt das Rot der Lippen erneuern. Das kann nicht sein und dieses mein müdes Herz, das nichts mehr wünscht, und diese meine schlafen Sinne, die nichts mehr begehren, nicht rauchen wollen, nicht essen wollen, nicht trinken wollen, und meine Seele, die aller Sehnsucht beraubt ist, nur schlafen möchte, schlafen . . .

Vielleicht bin ich schon tot. Wer kann das begreifen hier, diese Bettwäsche, die ich automatisch zurückgeschlagen habe, wie es sich gehört, wenn man sich schon auf ein Bett setzt, diese Bettwäsche, die nicht schmutzig ist und auch nicht sauber, diese grauenhaft geheimnisvolle Bettwäsche, nicht schmutzig und nicht sauber ... und dieses Mädchen, da am Spiegel, das nun seine Brauen färbt, schwarze, feine Brauen auf einer blassen Stirn.

»Da wollen wir fischen und jagen froh als wie in alter Zeit! Kennst du das?« fragt Olina lächelnd. »Das ist ein deutsches Gedicht. Archibald Douglas. Es handelt von einem Mann, der verbannt war aus seinem Vaterland, verstehst du? Und wir, wir sind verbannt in unser Vaterland, mitten hinein in ein Vaterland, das begreift keiner. Jahrgang neunzehnhundertzwanzig. Da wollen wir fischen und jagen froh als wie in alter Zeit. Hör zu!« Sie summt wirklich diese Ballade, und Andreas denkt, daß das Maß nun voll ist, ein grauer kalter Morgen in einem polnischen Bordell, und eine Ballade, von Löwe vertont, die ihm vorgesummt wird ...

»Olina!« wieder diese gleichmäßige Stimme vor der Tür.

»Ja?«

»Die Rechnung. Reich sie doch heraus. Und mach dich fertig, der Wagen ist schon vorgefahren ...«

Das also ist die Wirklichkeit, daß das Mädchen nun den Zettel hinausreicht, mit sehr spitzen Fingern, einen Zettel, auf dem alles aufgeschrieben ist, angefangen von den Streichhölzern, die er noch in der Tasche hat, diese Streichhölzer, die er gestern abend um sechs Uhr bekommen hat. So wahnsinnig verfliegt also die Zeit, diese Zeit, die unfaßbar ist, und nichts, nichts ist getan in dieser Zeit, nichts kann ich tun, als dieser neuaufgemachten Schönheit folgen, die Treppe hinab zur Abrechnung ...

»Diese polnischen Nutten«, sagt Willi, »einfach fabelhaft. Das ist Leidenschaft, sag ich dir, verstehst du?«

»Ja.«

Der Vorraum ist auch so dürftig möbliert. Ein paar krumme Stühle, eine Bank, ein halbzerschlissener Teppich, der nach zerfetztem Papier aussieht, und Willi raucht. Er ist vollkommen unrasiert und sucht in seinem Gepäck nach neuen Zigaretten.

»Du warst entschieden der Teuerste, mein Lieber. Bei mir

gings auch nicht viel billiger. Aber hier, unser blonder junger Freund, der hat fast nichts gekostet. He!« Er stößt den schlummernden Blonden in die Seite. »Hundertundsechsundvierzig Mark.« Er lacht laut auf. »Der scheint tatsächlich bei dem Mädchen geschlafen zu haben, richtig geschlafen. Es blieben noch zweihundert Mark übrig, die hab ich seiner Kleinen unter die Zimmertür geschoben, als Trinkgeld, weißt du, weil sie ihn so billig glücklich gemacht hat. Hast du zufällig noch 'ne Zigarette?«

»Ja.«

»Danke.«

Wie unheimlich lange Olina noch dort im Kabinett der Alten zu verhandeln hat, um vier Uhr morgens. Das ist eine Zeit, in der die ganze Welt schläft. Sogar in den Zimmern der Mädchen ist es still, und unten in dem großen Wartezimmer ist es ganz dunkel. Die Tür, aus der die Musik gekommen ist, ist dunkel, und man sieht und riecht diesen dunklen Raum. Nur draußen surrt der vornehme Motor. Olina ist hinter der rötlich gestrichenen Tür, und alles ist Wirklichkeit. Es muß Wirklichkeit sein ...

»Du glaubst also, daß dieser Generalshurenwagen uns mitnehmen wird?«

»Ja!«

»Hm. Ein Maybach, ich höre es am Motor. Zünftiger Kasten. Hast du was dagegen, wenn ich schon rausgehe und mit dem Fahrer spreche? Es ist doch sicher ein Kapo.«

Willi schultert sein Gepäck und öffnet die Tür, und da ist sie wirklich, die Nacht, die grauverschleierte Nacht und der matte Lichtkegel eines wartenden Wagens draußen vor dem Vorgarten. Kalt und unabwendbar wirklich wie alle die Kriegsnächte, voll kalter Drohung, voll von einem grauenhaften Spott; draußen in den schmutzigen Löchern ... in den Kellern ... in den vielen, vielen Städten, die sich ducken unter Angst ... heraufbeschworen diese schauerlichen Nächte, die morgens um vier ihre schrecklichste Macht erreicht haben, diese grauenvollen, unsagbar schrecklichen

Kriegsnächte. Da ist eine vor der Tür ... eine Nacht voll
Entsetzen, eine Nacht ohne Heimat, ohne auch nur den kleinsten, kleinsten warmen Winkel, in dem man sich verbergen
könnte ... diese Nächte, die von den sonoren Stimmen heraufbeschworen sind ...

Sie glaubt also wirklich, sie könnte mich retten. Andreas
lächelt. Sie glaubt, man könne durchgleiten durch dieses fein-
gesponnene Netz. Dieses Kind glaubt, daß es ein Entrinnen
gibt ... sie glaubt, daß sie Wege finden wird, die an Stryj vorbeiführen. Stryj. Dieses Wort hat in mir geruht seit meiner
Geburt. Es hat tief, tief unten gelegen, unerkannt und uner-
weckt, es war bei mir, als ich noch ein Kind war, und vielleicht
hat mich ein dunkles Schauern durchrieselt, damals in der
Schule, als wir die Ausläufer der Karpaten durchnahmen und
als ich die Worte Galizien und Lemberg und Stryj auf der
Karte las, inmitten dieses gelblichweißen Fleckes. Und ich
habe dieses Schauern vergessen. Vielleicht, oft und oft ist die
Angel des Todes und des Rufes in mich hineingeworfen worden und niemals hat sie widergehakt dort unten, und nur dieses winzige, kleine Wort war aufgestellt und aufgespart für
sie, und sie hat sich endgültig festgehakt ...

Stryj ... dieses winzige, kleine, schreckliche, blutige Wort
ist aufgestiegen und hat sich verbreitert zu einer düsteren
Wolke, die nun alles überschattet. Und sie glaubt, daß sie
Wege finden wird, die an Stryj vorbeiführen ...

Dabei lockt mich ihr Versprechen nicht. Mich lockt nicht
dieses kleine Dorf in den Karpaten, wo sie auf dem Stutzflügel spielen will. Mich lockt nicht diese scheinbare Sicherheit ... es gibt nur Versprechungen und Verheißungen und
einen dunklen unsicheren Horizont, über den wir uns hinaus-
stürzen müssen, um die Sicherheit zu finden ...

Endlich öffnet sich die Tür, und Andreas ist erstaunt über
die starre Blässe, die über Olinas Gesicht liegt. Sie hat einen
Pelzmantel übergezogen, und eine reizende kleine Kappe
sitzt auf ihrem schönen losen Haar, und keine Uhr ist mehr an
ihrem Arm, denn er trägt seine Stiefel wieder. Die Rechnung

ist beglichen. Die Alte lächelt so geheimnisvoll. Ihre Hände sind über dem dürren Leib gefaltet, und nachdem die Soldaten ihr Gepäck aufgenommen haben und Andreas die Tür öffnet, sagt sie lächelnd ein einziges Wort: Stryj, sagt sie. Olina hört es nicht mehr, sie ist schon draußen.

»Auch ich«, sagt Olina leise, als sie nebeneinander in dem Wagen sitzen, »auch ich bin gerichtet. Auch ich habe mein Vaterland verraten, weil ich diese Nacht über bei dir blieb, statt den General auszuhorchen.« Sie nimmt seine Hand und lächelt ihm zu: »Aber vergiß nicht, was ich dir gesagt habe: wohin ich dich auch führen werde, es wird das Leben sein. Ja?«

»Ja«, sagt Andreas. Die ganze Nacht läuft durch seine Erinnerung wie ein glatter Faden, den er abspult, doch da ist ein Knoten, der ihm keine Ruhe läßt. Stryj, hat die Alte gesagt, und woher kann sie wissen, daß Stryj ... er hat doch gar nicht mit ihr darüber gesprochen, und noch weniger wird Olina dieses Wort erwähnt haben ...

Das also soll die Wirklichkeit sein: Ein vornehm surrendes Auto, dessen sanfter Lichtkegel die namenlose Straße beleuchtet. Bäume und manchmal Häuser, alles vollgesogen mit grauer Dunkelheit. Vorne diese beiden Nacken, umkränzt von Unteroffizierslitzen, beide fast gleich, stabile deutsche Nacken, und der Zigarettenrauch, der langsam vom Führerstand nach hinten zieht, weil die Scheibe nicht ganz beigedreht ist. Neben ihm der Blonde, der schlummert wie ein Kind, das vom Spielen erschöpft ist, und rechts die stetige und sanfte Berührung von Olinas Pelzmantel, und der glatte Faden der Erinnerung an diese schöne Nacht, der durchgleitet, schneller, immer schneller, und der immer haltmacht an diesem seltsamen Knoten, wo die Alte gesagt hat: Stryj ...

Andreas beugt sich vor, um vorne im Führerstand die sanft erleuchtete Uhr zu sehen, und er sieht, daß es sechs ist, genau sechs. Ein kalter Schrecken fährt durch ihn hin, und er denkt: Gott, Gott, wo habe ich meine Zeit gelassen, nichts habe ich getan, nie habe ich etwas getan, ich muß doch beten, beten für alle, und in diesem Augenblick ersteigt Paul zu Hause die Stufen des Altares und beginnt zu beten: Introibo. Und auch seine Lippen beginnen das Wort zu formen: Introibo.

Aber nun fährt eine unsichtbare Riesenhand über dieses sanft kriechende Auto, ein furchtbares stilles Wehen, und in diese Stille hinein fragt Willi mit seiner trockenen Stimme: »Wohin kutschierst du nun eigentlich, Kumpel?« – »Nach Stryj!« sagt eine wesenlose Stimme.

Und dann wird der Wagen zersägt, von zwei rasenden Messern, die knirschen vor wildem Haß, eins rast von vorne und das andere von hinten in den metallenen Leib, der sich aufbäumt und dreht, erfüllt vom Angstschrei seiner Insassen . . .

In der folgenden Stille ist nichts mehr zu hören als das inbrünstige Fressen der Flammen.

Mein Gott, denkt Andreas, sind sie denn alle tot? . . . und meine Beine . . . meine Arme, bin ich denn nur noch Kopf . . . ist denn niemand da . . . ich liege auf dieser nackten Straße, auf meiner Brust liegt das Gewicht der Welt so schwer, daß ich keine Worte finde, zu beten . . .

Weine ich denn? denkt er plötzlich, denn er spürt etwas Feuchtes über seine Wangen laufen: Nein, es tropft auf seine Wangen, und in diesem fahlen Dämmer, der noch ohne die gelbe Milde der Sonne ist, sieht er nun, daß Olinas Hand über seinem Kopf von einem Bruchstück des Wagens herunterhängt und daß Blut von ihren Händen auf sein Gesicht tropft, und er weiß nicht mehr, daß er selbst nun wirklich zu weinen beginnt . . .

Ein Autor schafft Wirklichkeit

Am 18.11.1987 wurde die Heinrich-Böll-Stiftung ge-
gründet. Die Stiftung wird bemüht sein, Heinrich Bölls
Wirken in Kultur und Gesellschaft fortzusetzen und lebendig zu erhalten.

Die Fachbeiräte verwirklichen die Aufgaben des Ver-
eins in den einzelnen Arbeitsbereichen. So wird der
Fachbeirat »Heinrich Böll – Leben und Werk« insbe-
sondere die Erforschung und Verbreitung seines Werkes
unterstützen.

Wir schicken Ihnen gerne unsere Satzung
mit der Präambel unter Verwendung von
Heinrich-Böll-Zitaten«.

**Heinrich-Böll-Stiftung e. V., Unter Krahnenbäumen 9
5000 Köln 1**

Heinrich Böll
im dtv

Foto: Isolde Ohlbaum

Siegfried Lenz
im dtv